倡导诗意健康人生
为诗的纯粹而努力

阎 志
主 编

2016 年网络诗选

中国诗歌

【第 78 卷】

2016 **6**

目 录 CONTENTS

主　　编：阎 志
常务副主编：谢克强
副 主 编：邹建军

编　委（以姓氏笔画为序）：
田 禾　叶延滨　李 瑛
祁 人　吴思敬　杨 克
张清华　邹建军　陆 健
林 莽　路 也　阎 志
屠 岸　谢 冕　谢克强

发稿编辑：刘 蔚　熊 曼　朱 妍
李亚飞
美术编辑：叶芹云

编辑：《中国诗歌》编辑部
地址：武汉市盘龙城经济开发区
第一企业社区卓尔大厦
邮编：430312
电话：(027) 61882316
传真：(027) 61882316
投稿信箱：zallsg@163.com

封底——《诗书画》·李声高书法作品选

本期插图选自 Caspar David Friedrich 作品

图书在版编目(CIP)数据

2016 年网络诗选 / 徐晓等著.–北京：人民文学出版社，
2016(中国诗歌 / 阎志主编)
ISBN 978-7-02-011789-5

Ⅰ.①2… Ⅱ.①徐… Ⅲ.①诗集 – 中国 – 当代
Ⅳ.①Ⅰ227

中国版本图书馆 CIP 数据核字（2016）第 139162 号

责任编辑：王清平
装帧设计：海　岛
责任校对：王清平

人民文学出版社有限公司出版
http://www.rw-cn.com
北京市朝内大街 166 号　邮编：100705
武钢实业印刷总厂印刷　新华书店经销
字数 210 千字　开本 850×1168 毫米 1/16　印张 9.75
2016 年 6 月北京第 1 版　2016 年 6 月第 1 次印刷
ISBN 978-7-02-011789-5
定价 10.00 元

徐晓
XU XIAO

1992 年生，山东高密人。山东师范大学文学院研究生在读。山东省作家协会会员。作品散见于《人民文学》、《诗刊》、《星星》、《中国诗歌》、《西部》、《延河》、《北方文学》、《山东文学》等。著有长篇小说《爱上你几乎就幸福了》，诗集《局外人》。获第二届人民文学诗歌奖年度新锐奖等奖项。

物是人非

·组诗·

□ 徐 晓

物是人非

一帘冬雨如期而至，静悄悄
内心锦绣的女子临窗而坐
点灯，煮酒，研墨，画梅
顺便掐灭落在额头的一滴水珠

归来之人潜伏在别处，声声低语
是臆想还是梦魇？
她开始融进夜色，低头饮酒
眼神里溢出薄薄的霜，化作朵朵白云

往事浮上来，一页页薄薄的纸片
一个女人年轻的旧时光
再也不会，卷土重来——
她在十月就挥霍了她的冬季
她的余生再也没有火焰

心 事

在雪地里跌倒
比在泥泞的地上跌倒
最大的不同在于
身上干净
即使不把雪拍掉

它迟早也会自己化掉
最多把衣服濡湿
而把雪花拍掉
就会像什么也没发生一样
完好如初
这多像我们的年纪
白莲花一样洁白
心上的伤痛和阴影
只要放在水里洗一洗
便可抛之脑后
不见了踪迹
它来得轻盈
走得
也不会太沉重

末日之前

如果明天末日的风暴提前来临
而我将一无所有，两手空空
在今日倩影摇曳的黄昏，以及
初上的华灯和霓虹里，城市的角落
让头顶的梵音洞穿我的虚妄与肤浅
在静物的黑与白之间，把命里的苦
一点一点全部挤出来
让我给你天长地久，给你一瞬间的永恒
给你所有还郁积在心底未消融的雪
给你涌动在凌晨三点跳跃的火苗和阴影

给你空虚时代里一个已经走远了的人
孤寂的背影

一件小事

在一家顾客众多的快餐店吃饭
我发现有两个女孩一边看我
一边窃窃私语
我的心咯噔一声
在确定衣着与装扮并无异常之后
我暗舒一口气
当发觉我也注视她们时
其中一个女孩显得有点紧张
并立即低下头
另一个女孩若其事地把脸转向别处
这时第一个女孩试探地抬起头
偷偷看我一眼
然后与同伴说了句什么
嘴角隐约露出一丝不易察觉的微笑
另一个女孩仿佛也提起了兴趣
此时两个人的低语热烈了许多
那神情似曾相识
我在校园的路上偶尔会遇见
在以前我或许会走上前去问一句
你们认识我吗
但现在，我匆匆起身
快步离开快餐店
这些年，我已习惯在人群中
隐瞒一个诗人的身份
在陌生的异乡
我羞于被任何人认出

毕业前夕

凌晨一点，夜还醒着
女生宿舍一号楼下
某学院某专业的大四男生排成一列
T恤脱掉，亮出脊背
酒瓶摔碎，尖叫响起
嗓门敞开，鬼哭狼嚎

一楼的女生把头伸出窗外

二楼的女生把头伸出窗外
三楼的女生纷纷跑去阳台
四楼的女生把头伸出窗外
五楼的女生把头伸出窗外
六楼的女生把头伸出窗外

有人在楼上手挥毛巾大声呼喊
有人在楼上拿着手机拍照录像
有人在楼上抱成一团活蹦乱跳
有人在楼上眉头紧皱连连骂娘
有人在楼上打个哈欠回屋睡觉
有人在楼上摔下来一个暖水瓶！

楼下顿时鸦雀无声，楼上一片哗然
有人受伤，有人哭喊
有人告白，有人歌唱
有人作诗：
今夜对酒当歌把泪抛洒
明日策马扬鞭仗剑天涯

春风念

春风拖着柔软的身躯，步步侵入
这鬼魅的人间。来自南方
小镇的气息，像一块白布
打着滚，渐渐把我包围
这样的时刻
有了出去走走的念头

吐芽的柳枝，下河的鸭子
撒欢的牛犊：它们在闹春风
就连太阳，也放出了
藏了一冬的光
我站在河边
风把我的长发吹起来

风真大啊
我看到远山冰雪消融
水流滚滚，从河东到河西
灌木丛青了一大片

一切都是新的，一切就像
刚刚开始。去年我们走过的

那块麦地，后来我再也没有去过
而现在，只有一座新坟
孤零零地立在那儿

屏住呼吸

一只鸟惊恐地望着七夕的黄昏久久不肯离去
一个男人远道而来寻觅一个少女的初吻
在苦楝树的阴影下，我们席地而坐
晚风是从西吹向东的，人潮自北向南涌去
你用双手聆听我的心跳，一片树叶在你的左肩
安然落下

成长有甘有苦，相见惆怅多于欢喜
你让我把想念当成祈祷，我希望你在无言中休息
你的一切正在消逝，你的影子是我的线索
你说美人面前要屏住呼吸，夕阳底下要放开爱情

迷路之前

迷路之前得先走一段迷途
让流水掩埋根须，冲走足迹
迷路之前需要先迷茫
十字路口间徘徊，何处是归路
迷路之前还得先迷恋一个人
今生一别，天涯海角何时再相逢
迷路之前还要迷醉一会儿
秀色可餐，把美景藏在心里
迷路之前请先眯一眼吧
闭目养神，设想十面埋伏就在眼前
迷蒙　谜团　秘密　密谋
后来，萧何夜追韩信的佳话
也压了箱底

现在你只需睁开眼，望一望四周
没准儿会碰上一只麋鹿
然后，跟着它找到一条
通往别处的小路

黑暗中的伤口辽阔无边

在黑暗中面包找到你的手
微苦的咖啡代替绿茶被喂进嘴里

秋雨在密不透风的窗帘外任性了一夜
沉睡的姑娘们还在贪恋梦里的桃花源

本该孕育光与暖的黎明被连绵的雨声吞噬
你大口咀嚼食物，一如咀嚼痛苦般悲壮

这扎实的夜的尾巴将你的表情湮没
黑暗中的伤口辽阔无边

登高望远

是山间潮湿的风与宽窄不齐的青石阶
是午后的霾与前日下过的秋雨
及雨后的泥泞
是峭壁上落下的飞鸟与路旁无人采摘的小野花
是神灵躲在大佛头后面的絮絮低语
把我们的目光留住——
天就要黑下来，而光明也曾降临
在山顶，我们看不尽济南城的烟雨迷蒙
你曾走过千山我也渡过万水
往事苍茫，你我都不愿再提起
前方亦是险途请各自珍重
重回山脚，人间如常

离别书

一如晚风自由穿过那些成排的悬铃木
那时候，我们年轻的脸庞上还闪着
细碎柔软的光。你在前我在后
你的影子紧挨着我的，而你的步伐
我却无力捕捉一毫。同样的无力
困扰着我——我寻觅不到一个精致的词

把你留住。人世的风向捉摸不定
而一个昼夜的长度，薄如蝉翼

我从不指望，移植的爱会翻山越岭
再赶回来，一如不指望
落到沟渠里的雨，重新
流回到天上。所以我必须保持沉默
或者干脆把目光转向别处——
一定要在你转身之前
闭紧嘴巴，咬紧牙关
绝不能放纵体内那条汹涌的河流
从眼中跑出来

秋天到了

几片金黄的叶子在空中犹疑着，徘徊着
终于还是落下来了——
时至今日，我已安于宿命
和天意，安于弯下腰
拨开溪涧的碎石，独自理顺
内心疯长的荒草

夏天已离我远去，而那些
我曾爱过的事物，譬如
花园里长势繁盛的草木，故乡上空一年四季
洁白灵动的云，树影里那个向日葵般的笑容
也都随着秋风的摇曳，变得
越来越模糊，越来越灰暗
直至消失不见

如今我站在夏天的最后一个黄昏里
像那没有赶上列车的旅人
想到多年来，我活着，又像从未活过
小心翼翼而又满怀期待，是坚守
也是妥协，是追寻也是退让
像个失魂落魄的流浪汉——
整个季节，我都陷在
飞蛾扑火的游戏里，不能自拔
一边安于玩物丧志，一边又静静等待
等待那场必然到来的秋后算账

小师妹

暮色中她向我走来，一个红色的影子
蹒跚而过。目光交接的刹那

两个人的尴尬，不谋而合
悄悄爬上各自的双颊，我几乎能看见
一个自卑的嫩芽，扛着
世俗的铁锤举步维艰了二十年

我们朝前走，假装是熟识多年的
老朋友。丁香花开得正好
忧伤的香气从鼻尖漫溢开来
她的诉说热情而激动，那些
鸡毛蒜皮的小事，像细细密密的爬山虎
牢固地粘在墙头上

但我不得不说的是——
从教学楼到餐厅的这段路，异样的目光
如利剑，无声无息漫溢过来
自始至终，我像一个罪人
把头一低再低，没有扭头看她一眼

如此活着

那层层叠叠的落叶通往我生命的深秋
无尽的风吹向无尽的远方
每天的日子，如同石子
抛到水里激起的白色漩涡
空白滋生恐惧，恐惧是黑暗中蒙上的眼睛
活着如同腐朽，活着如同虚构
怀抱着虚无的理想主义，一个人走向空茫
把白天的梦睡进无梦的夜晚
长眠是一个人的长眠

泪流满面

我不否认，此刻我无比渴望
像一株植物一样，活着
以接近静止的姿势，拥抱泥土
我不曾对世间有过要求
这沟壑般的命运
却令我心慌

所有欢乐的余烬已被大风吹散
惟有苦难的烈焰嘶嘶作响
我需要平息下来

像一场大雪覆盖人间
在粗粝的风中，以最笨拙的方式
自我毁灭：我天生谦卑
无需你们善意提醒

如今，我眼中已没有闪电
我的眸子清澈如水
一阵风一个雷，便会令我
泪流满面

此心安处

几年过去，你爱的人始终
没有爱上你。你抛弃的蓝色海洋
早已了无踪迹。于是你学会了
挥舞镰刀，夜夜练习割刈

你一手捧心，一手高高举起
将收割月光、星辰与流水
作为主业

如那饮弹的小兽
你忽略落日与疼痛
在无人的旷野飞奔
飞奔成夜幕中一闪即逝的流星
即使生死之间的秘密
也无法引起你一丝战栗

中文系

1

如果说师大是富丽堂皇的皇宫
那么中文系就是六宫之首
她仰仗着得天独厚的优势条件
就洋洋自得起来，伸着脖子仰着头
试图露出点儿锋芒，把天捅一捅

泉水淙淙，却不见了几千年前
那拨汇聚一堂拂柳对谈的文人雅士
山脉林立，冬天的枯寒会暴露她年岁已久
日渐枯竭的真实面目

她携着文学从古走到今
"天时地利、人杰地灵"的说法
已然被后人涂抹了一层厚厚的油彩
而被华丽的包装包裹着的内心
却呈现出磨损的迹象，微微的皱纹

2

中文系不在闹市，她隐居一隅
这儿群山环绕，草木鲜盛、鸟语花香
是个谈情说爱、吟诗作赋的好地方
这儿还住着贾宝玉和林黛玉
梁山伯和祝英台，以及李白杜甫莎士比亚
孔子孟子老子庄子加西亚·马尔克斯

这儿的教授个个披着长围巾，留着大胡子
一派旧时文人的落魄模样
或许，你还会在校园的羊肠小道上
偶遇一个仙风道骨的身影
当然，也有入戏太深的女教授
讲起课来声泪俱下肝肠寸断
和某著名演员的演技有得一拼

在阳光雨露的滋润下，中文系学子
既能吟出"大漠孤烟直，长河落日圆"的壮阔江
　山
也能联想到"枯藤老树昏鸦，小桥流水人家"的
　江南小曲
然而更多的人，只能白白地
看着自己的想象力
在热闹喧嚣的青春里，渐渐消亡

3

话说回来，中文系也实在是微不足道
她只是被赋予了一个抽象名词——
找不到具体的地点，具体的发生现场
或许，她游弋在这些荒山野岭的外围
在我们看不见的远方，故弄玄虚
或许，她伫立在大洋彼岸的神秘岛屿上
那里，鲁滨逊正在海滩上晒着大太阳
凡尔纳又想起了什么鬼点子

在我们中文系，奇人怪才不多
勤勤恳恳埋头苦读的"书呆子"也不多

"高山流水遇知音"永远在书本上上演
在这里，不知曹雪芹性别者，大有人在
把卡夫卡认作动画片主角的，不在少数
一直未踏入图书馆大门一步的世外高人，也能觅
　　到

中文系的每个女生
都是大观园里的一朵小花
有的开得正艳，有的含苞待放
还有的不知道什么时候开
风一吹，月经的呼吸在空中飘荡
大观园外面总是徘徊着
几个长满青春痘的后生
他们的自行车后座上永远
不会插着一朵产自大观园的小花
她们的去处通常是体育系
或是追随流浪歌手飞往远方
而不远处的高级轿车里
偶尔也会走出一朵小花，朝着车里
某个肥胖的男人作飞吻状

美人路小鱼白天出入各种交际场所
晚上摇身一变，成为先锋诗人美人鱼
认识一个男人就给他写一首诗
至今已经写了九十九首
直到遇见一个不知诗为何物的老酒鬼
在诗歌与男人之间，最终选择了后者

著名学霸吴东以一周读十本书的速度
迅速长成一个标准的古代秀才
同时以一个月追求七个姑娘
并连连惨败的事实，破了师大的纪录
却在愈挫愈勇的道路上一去不复返

中文系的爱情绝不是浪漫主义小说
而是一部荒诞派文学
每个人都把读懂它当作毕生理想
然而最后也只能望洋兴叹

4

中文系，说到底也不过是一座围城
城外的人想进来，一探究竟
城内的人如鱼饮水，冷暖自知
一年级的学生把她当作一个传说

加文学社入学生会，初生牛犊不怕虎
二年级的学生把她当作一所乐园
逛遍商业街，走遍风景区
期末考试只能临时在餐厅图书馆开辟地盘
三年级的学生把她当作一张大网
新鲜过后渐感人生迷惘，于是纷纷
沉迷电子游戏这张小网和爱情这张大网
还有那张无形的人际关系网
四年级的学生把她当作一块垫脚石
不管考研工作还是出国，只要先把中文系的知识
恶补三天三夜，你就是一个合格的毕业生

在中文系，文学不再是通往"仕途"的筹码
入党推优评奖，系领导不管你爱文学与否
不看你是否长着一张文艺的脸
紧急关头，你只要
临时抱一下佛脚，动一点小心思
就会万事大吉，关关闯过
走出校园你也不必担忧
脑子里装着圣贤书
也装着满满的糨糊
只要贴上中文系的标签
大言不惭也是一种难得的勇气

在大多数中文系学子眼中
文学和中文系有什么关系呢？
文学是乌托邦，是天边的云朵海中的鱼儿
它不是场面隆重的正餐，而是
饭后小甜点，甚至可以被省略掉
而中文系是我们的栖居之所
吸收着中文系的养分不生产文学的果实
也可以在师大走四方

5

虽然我已练就一双慧眼
看透其中的玄妙
但我一直不肯承认自己本末倒置
我知道我确实做得有点过火
不该把文学深深地镶嵌在骨子里
不该"冒天下之大不韪"般决绝
以搞文学为由拒绝一切集体活动
更不该两耳不闻窗外事
为文学赴汤蹈火、抛头颅洒热血
从而差点荒废了学业

"哦，原来是不务正业！"
有人发现了这个所谓天大的秘密
争着抢着伸过来一副好人的嘴脸：
中文系培养的教师、编辑、企业家
秘书、记者、国家干部遍地开花
连评论家都是稀有物种
惟独不盛产诗人和作家
还是戒了吧，把小说和诗歌戒了吧
文学不能当饭吃，大好形势就在眼前
舍近求远的事情，只有傻子才去做

当然没人愿意承认自己是傻子
中文系也不会存在大脑有病的人
充其量精神上走火入魔，误入了
太上老君的炼丹炉，一时半会儿出不来
只是我愚笨的脑袋，想白了头也想不通——
身在中文系，到底是"金屋藏娇"
还是独守空房？

秘　密

别给我光环，耀眼的事物都太短暂
别给我赞美，我无法辨别真伪
别给我爱情，我贫瘠的心田开不出你要的花朵

曾经我喜欢从荆棘中寻找满身芒刺的自己
曾经我不懂生与死的界限，以为活着是一种负累
我在白天走失，在夜晚把自己找回来
很多年之后我才看清自己的弱点，说服自己
原谅这千疮百孔的世界并
把它当成一个人的哑剧场

如今在生活的舞台上
我自导自演，一个人哭泣或欢喜
再没有什么喧哗能惊扰我
从东墙到西墙的距离，那株怒放的桃花
藏着我全部的秘密

无　题

该怎样把流入一个人一生中的水　都赶进大海
该怎样把一个人手心里攥紧的风声　都送回天空
这些年　我经过许多河流
它们喂养我　洗濯我　进入我的梦境
不知不觉我也像水一样流淌　流向我的命途　流
　　向你
而在深夜　我无数次与骨头里的风声　不期而遇
它们像火山一样在我身体里藏匿　密谋
就这样　我的内心有时盈满　被滚烫的水灼烧
有时空荡荡　像世上所有人都抛弃了我
这样想着　我就想哭
就怎么也止不住悲伤

对不起

时候到了。你来看我
一朵白云尾随你身后
墙角里那丛墨绿的苔藓，有着
我们的影子。你抱紧了我

我知道，你的火焰正在点燃
我雪白的牙齿，慌乱的眼神，
害羞的乳房和停不下来的心跳
鼓楼突兀的钟声吓跑一对嬉戏的鱼儿
我突然想换一个地方

哦，真是对不起
我必须以逃避的方式，向你证明：
我是你听过的风声中最弱小的一抹
我是你见过的海浪中最沉默的一朵
我是你爱过的女人中最胆怯的一个

酿一杯美酒

正午的时候，太阳把我的影子镶嵌在墙壁里
一瞬间，世上的孤独又多了一份
空气中充满了躁动的柔情，有水在暗处涌动
而疯长的柳枝，忙于抚平湖心一圈圈涟漪

微风阵阵的春天里，我无所事事
有时我想把自己抛出去，像一只鸟
从山的这头，飞到山的那头
像一粒尘土，从地面
到某棵开花的树枝头安家
或者，直接落到某个男人洁白的领口

有时我想拔出眼睛里的刀子
刺穿山河日月的阻隔
把过往的镜花水月、巫山云雨都还给悲戚
迟早，我将把那些不对称的孤独
——砍落，加之必要的困惑、失眠与眼泪
酿一杯美酒，把你的一生
醉倒

我在故乡的风里，风在我的身体里

在北方，在我多山的故乡
水是清凉的，风也是清凉的
每一块石头每一片树叶都浸润了凉气
我脚下的土地，收藏了我清凉的泪滴

时光还没有老去，我的爱还在延续
月光把村庄吞没
把我磕磕绊绊的路途缠绕
我抱紧了风，就像抱紧了一个秘密
天色已晚，我发现我的怀里却空空荡荡

于是我放弃回忆，我的哭声在河流里消亡
我的先人，就在这黑沉沉的大山里
用瘦弱的脊梁，担起了欢乐和痛苦
我听到我的血液里，风在呼呼地刮着

这样一个女人

不要玫瑰，香水和眼泪
不要多愁善感和浅吟低唱
不做从《诗经》中走出来的
窈窕淑女，不在乎君子是否好逑
也不做从宋词的碎碎念里飘出的
白衣女子，梨花带雨从来
不是她的性子

要做就做这样一个女人：
柔韧如蒲草，坚强如磐石
不涂脂抹粉，不娇娇滴滴
把优柔寡断踩在脚底，绝不
胆怯和懦弱
高兴了就开怀大笑，烦恼了
就举杯消愁，在月下对影成三人
被误解了，就挥一挥衣袖
不作任何解释

做这样一个女人，敢爱敢恨
爱他，就轰轰烈烈，飞蛾扑火也在所不惜
恨他，就一刀两断，老死不相往来

我要的爱情，不能像水晶般易碎
尽管它纯洁，一尘不染
也不能像花儿，明媚芬芳
却容易枯萎
我要它浓烈、忠贞，具有火的属性
燃烧起来的时候，轰隆作响
如惊雷，会有璀璨的蜕变和重生
我要它像大漠般辽阔悠远
我要它像暴雨般酣畅淋漓

这样一个女人，习惯了在苍茫的世界
挣扎和忍耐，一个人走走停停
这样一个女人，轻易不言爱，容易
拒人于千里之外
这样一个女人，伤口太深
但她却是自己的王，有着
无人能触及的万丈光芒

在黑夜里的寻找

夜被蒙上海水咸涩的面纱
打了结的灯花落地。月亮唱起了孤独的歌

最后一茬麦穗，还在坚守着田边的镰刀
鸟儿飞来飞去，或许那是一只不安分的乌鸦
在村庄的上空低声哭诉

一只乱窜的猪终于走进了院落
两只无家可归的麻雀在房梁上大眼瞪小眼

燥热和狂乱的蝉鸣，泄露了黑暗的秘密
在大地之外，在夜色的掌心
一个饥饿的孩子，擎着血红的烛火
在黑夜里寻觅，一股苏醒的麦香

你是令我绝望的甜

你是我人生试卷上，那道未曾解出答案的难题
而它或许永远无解。你让我看见
光阴之河倒流了一年，三年，二十年。
你从陌上经过，却无意赏花。你让一夏天的风
染上野蔷薇的香而不再消散。你是冰山一角
喷涌而出的滚烫的水，激起大海上
从未有过的涟漪。你是慌乱中认错酒杯
而滑进别人嘴里的玉酿，是近在眼前
却触碰不到的远。你是一首诗结尾处的
悸动和喘息，读你便意味着
在词语的火焰里流浪。你是蚊虫叮咬在胸口
却不忍抓挠的痒。你是一出场就被困于喧嚣中的光，
霓虹灯下的落落寡欢，来不及告别就已离开的情人。
你还是那漫无边际的空，是沉默，是一朵玫瑰
颤巍巍盛开在刀刃上的诱惑。
你是我迷恋多年如一日却不敢承认的渴望——
我们头顶的夜空群星璀璨，而你就是
那深不见底的暗。在广阔的阴影中，
你能轻易找到我的脸——
这死亡般的寂静令我羞怯和狂喜，此时你便是世间
一切可能存在的默契——
再美的白日梦也终将被现实的毒瘤摧毁，而
所有虚构的事实，构成我经久不愈的一场病
有着令人绝望的甜。

隐秘成长

□ 徐 晓

1

黎戈在《私语书》里说："很希望自己是一棵树，守静，向光，安然，敏感的神经末梢，触着流云和微风，窃窃地欢喜。脚下踩着泥，很踏实。还有，每一天都在隐秘成长。"

这样的状态一直是我心向往之的，静静地生长，明媚却不张扬，安静而不消沉。默默地看这红尘的起起伏伏，而内心不为之所动，做一个淡然如水的女子，将悲欢离合都交付于一个浅浅的微笑。

不依附，不骄纵，便是独立。那样洒脱而决绝的姿态，恰如炎炎夏日里从古井深处刚刚打上来的一桶水，在年岁久远的木桶里晃晃荡荡地摇摆，冒出丝丝凉气，宛若在林间小憩时做的一个清凉的梦。

2

宋代禅宗大师青原行思提出参禅的三重境界："参禅之初，看山是山，看水是水；禅有悟时，看山不是山，看水不是水；禅中彻悟，看山仍然是山，看水仍然是水。"

在这喧嚣的尘世间，世事时而包裹着它隐蔽的玄机与心思，时而张开它巨大的欲望之口，不动声色地看着我们，光影交叠处，明明灭灭的幻象扑面而来。我尝试着不被外界的纷扰所围困，掩卷而思，任思绪在山水之间游走，在圣人的思想中徘徊。或许，当人真正卸下心中的包袱，放低内心如泉涌般的欲望时，便能看到真正平静而美好的世界。

这样一个静谧的天地，有声若无声，无声仿有声，一切都在自己的心间，一切皆如过眼云烟。

3

在异乡待得久了，我开始对明月情有独钟。喜欢有月的夜晚，喜欢在月色笼罩下那模糊朦胧的气氛。更多的时候，有月的夜晚，舍不得睡眠。在月明星稀的夜里，泡一杯香茗，独坐窗前，让身心完全沉浸在这如水的月华中，月光在灵魂中缓慢升腾，向周身弥漫。沉夜静寂，万籁有声，就这样漫步在月影中，任思绪飘逸，往事倏然造访，这份心境是再洁净安然不过的了。

日本作家清少纳言在《枕草子》一书中有这样一句话："在月光非常明亮的晚上，极其鲜明的红色的纸上面，只写道'并无别事'，叫使者送来，放在廊下，映着月光看时，实在觉得很有趣味。"这清清爽爽的文字，暗含着遥远地域涌来的芳香，穿越大洋彼岸悠悠地飘来，唯美而略显忧伤，读后便过目不忘，心隐隐地疼着，为着那寂静谦和的女子，如水般温婉薄凉。

我想，当清少纳言年老时回忆当年的自己时也会欣慰地微笑，她穿着淡紫色的衬衣，外面又套了白皙的罩衫，一肩垂发，纹丝不乱。想来这刻骨而悠然的美使月亮也迷醉了。她这一世定是阅尽华美，历经沧桑，却淡定自如地看风吹落叶，静望月之柔美。而爱情，深刻到骨子里的痛，早已是昨日的一道风吹即散的残景，不堪回首，却无法忘怀。

4

相信所有人都曾经与那些凋零在生命中的花朵面面相觑过。我清楚地记得曾经某个时期的撕扯所带来的疼痛，如寒冬腊月的风雪浸入骨髓。

那种挣扎，多是借着外部世界的一个小小的

引子，继而在内心深处独自发酵、酝酿，直至爆发。缘于天性的敏感，我变得多愁善感，甚至愤世嫉俗，与所有人作对，与生活作对，以自认为清高孤绝的姿态与世界对峙。

最后，我明白了，其实每个人都在进行着一场战争，一个人的搏斗史在心灵深处激烈地上演，每个人都心比天高，都在与世界上某个不知名的角落里的另一个自己抗衡着，那种抗衡，对自己来说轰轰烈烈，惊天动地，然而在别人看来，你只是再平凡不过的一个人。于是，这种挣扎就显得更为煎熬，这种厮杀更为残忍。

也许人一出世就被抛入粗粝的风沙中，命中注定要走一条荒芜孤寂漫长的路，但我是一个顽固到发傻的奋斗者，铁样的黑，我擎着微弱的火烛面对空阔的天与地，孤独地背靠时间而书写。时间永恒，而每个人所存在的个体却不能永恒。在阳光渐渐变旧变老的过程中，我坐在阴影里，坐在所剩无几的午后里，我握笔的姿势是多么孤独，又是多么屠弱，我的生命中有着一种不死的顽固，我拒绝看清结局，因为过早地摊开一切会是一种碎裂，清清的河流底下都是淤泥。至少在生与死的必经之路上，我还能安然地寻找下一个可能的结果。

5

在很多个夜晚，我都感觉到被一只巨大的手掌推进到生命的寂寥之中，我听到一个声音在呼唤我，它说，你要回归，才能重生。我越来越清楚这是冥冥之中一种来自命运深处的洞悉和暗示，这种感觉无法言喻，只是它能随着空气慢慢地渗透到我的身体中，试图去挖掘那些一直挤压在我心中不曾言说的隐秘。我力图把心口收紧，不让循环流动的声音把我隐藏多年的秘密掏空。没有人知道，儿时的我便在心里怀揣着一个梦，那个维持了十几年的梦也是我至今最高的目标，成为一名作家。这对于一个并不聪颖的孩子来说，无疑是信口开河，黄粱一梦，是自己给自己划开的致命的伤口，我只有用勤奋的借口堵住来自四面八方的明枪暗箭。所以它始终埋藏在我内心最隐秘的领地，轻易不肯与人言说。

这个梦就像一条幽暗的河流一样在岁月的冲刷下兀自地流动着，仿佛一旦暴露于阳光之下，那些漂浮在空中的尘埃会将它吞噬、毁灭。我把

自己逼到山穷水尽，毫无退路可走，或疾驰或匍匐，或五体投地，或破釜沉舟。只有这样，骨子里的决绝和无畏才可能会适时爆发出来。有时候无法预料和把握的偶然性，常常发挥着意想不到的作用。

6

累了的时候，我喜欢静静地聆听岁月欲言又止的密语。

拂袖擦泪，在青春的出口，我再次踮起脚尖向远方眺望。在时光的罅隙里，风声渐渐止于喧嚣的尘埃，我想象自己成为一棵树，像头顶上的蓝天一样尝试着接受生命里不期而遇的苦涩、沉重与疼痛。

我看不清命运的轨迹，生活却开始浮出地平线。年轮搁浅，我的灵魂在河床的缝隙里来回游走。对于一种意义的追寻和接纳，我有着打马狂欢的急切。合上眼睛，我看见了一团白茫茫的雾水。

岁月的刀痕刻在柔韧的黑夜里。斗转星移，沧海桑田。我饮尽最后一杯烈酒，把忧伤还给黑夜。归期不远，迟疑的弓箭蓄势待发。前方的岛屿，是我即将抵达的黎明。

梦里，我驾着时光的马车，驮着我的体温以及魂魄，一路飞翔。

7

我看到很多人都攥紧命运的绳子，拉拽着所剩无几的青春，却如一枚枚凋零的落叶，最终在秋风的怀抱里落下帷幕。我看到不停奔走的流年，我看到屋顶闪烁的灯突然暗了下来。我还未来得及掩面，红尘就覆上我光洁的额头。

而我必须容忍，这无法触及的今生和来世，并且相信，在这片世世代代流传下来的土地上，时光永无止息地轮回。

就像，我们的一生，被迫地卷入一场场相遇和分离。这强大的永恒，暗中操纵着我们在世间游弋的轨迹。

立在旷野中央，这是没有灯火的黑夜，我不急于离开，一切都有各自的使命。我怀揣世代的因果，凝望那束温暖我多年的烟火。

或许我也可以等来属于我自己的火焰，看它在光影中上升、上升，最后绚丽地绽放。Z

特别推荐

自明 的诗

ZI MING

谁谁谁

在自留地里挖土时
挖出一颗骷髅头
继续往下挖，又有几块碎骨
再往下就什么也没有了
除了土

父亲对我说，这可能是谁谁
被造反派暗杀、暗埋
传说中身首异处，也可能是谁谁谁
地主，死后葬在自家地里
至于棺木，被盗墓贼毁了
至于尸骨……

后来，父亲又说，这可能不是中国人
战争年代，村民曾合力杀死三名日本兵
这很可能是其中之一

父亲遇见一个人的骨头
经过仔细端详，却无法认识这个人
于是得出如下结论：
脸面比骨头重要
脸面，比什么都重要

父亲不死心，又往下挖了二尺
终于挖出了沙子
父亲摇摇头
把骷髅扔进沙里
埋了

后 果

一株树经过开枝、散叶、绽花
终于长出青涩的果实
这果实就叫作后果

在林间散步的时候
偶然忆起那段往事：

一个女人把自己当作砧木
想让我嫁接在她的身体上
成为一个新的品种

但我不是一个合格的接穗
我的性格更近于草、或灌木
自由，无束，不计后果

抽离她身体的那一刻
她仍在说她爱我
于是我说：我也爱你

然后，我就走了
边走边对自己说：
没有结果也是一种后果

林 间

蜜蜂循着花香，找到一株梨树
在花瓣上驻了驻脚，嗅了嗅蕊上的粉末

旋即离去，不一会儿，它带着一群伙伴又折了回
来
它们要在这里酿一首甜蜜的诗

雄斑鸠发出求欢之鸣，雌斑鸠即刻拍翅迎上
它们在一处草丛里交颈，时而警惕地四处张望
仿佛害怕天敌出现，又仿佛因偷欢而羞怯
梨花洁白的瓣，为它们落了一地

对于一只蚂蚁来说，半亩果园就是一座宇宙
果实星辰般悬挂，叶片云朵般飘摇
对于一只寄居在这里的蚂蚁来说
春天，太漫长。夏天，还很遥远

前　奏

夜一深，我就变成一把筛子
满身窟窿，左摇右晃
肯定是遗漏了什么
我曾尝试过挽留
欢喜无疾而终
悲伤，来势汹汹去势汹汹
相比而言，希望更持久一些

我明白，都是高潮的前奏
数十年时间
足够我反复演练，调试
而死亡的枪口
一直抵着我的胸膛
有那么几刻，逼得我喘不过气来
更多的时候，是偷偷出卖自己

供出身上的窟窿
让光阴的子弹
洞穿

在时间的默许下

在时间的默许下
我渐渐原谅了自己
继续，残忍地活在这个世上
任风吹雨打，岿然不动

我伤过的人，去了别的地方
她已把伤疤全部带走
却遗下了丝丝血迹
我的空气里弥漫着的味道叫作疼痛

两个人一旦对视
便是战场
自然而然要运用兵法和凶器
没有人能够全身而退

像一把刀，裹进鞘中
我仍在原地，持有惯常的敌意
但现在，我要收起锋芒
做个好人

以　外

我想一个人在深夜里走走
走到城市以外，走到时间以外
如果能走到自己的身体以外，更好
如果能走成一阵风，我的神秘的外衣就会自动脱
落
如果能走成一只鬼魂，我就去和那些逝世的人们
对话
听他们喊冤，给他们言论自由，让他们道出真相

最让我诧异的真相是：我正走在一条假设的路上
根本没有以外，也没有如果
根本没有举手表决，和信誓旦旦地握拳
但我还是想走走，一个人在深夜里随便走走
我情愿被人误会，以为我在寻找什么
以为我想遇见什么，以为我身上携带了什么

端　倪

提起时间，你正好从我身旁经过
你靠近我，距离达到最近以后，开始远离
就像时间与我没有任何瓜葛

我仍旧用你的相貌记录你
用你的身影记录你
用你的速度

记录你

你来之前，你去之后
我一直在等待
顺便把自己整理得衣冠楚楚
但我确信我要等的绝不是

你。可所有人都这么认为
你来了，又走了
你已轻而易举把我得到和抛弃了一次

窄　门

我过窄门抵达此生
在窄路上行走
瘦草裹足、雨滴混入渊源
我们的爱，犹如左脚对右脚有了憎意
却也相随着，不分先后

世道宽阔，我终究要赶上为河流命名的人
与他交谈心事，并替他捎话
给山中沉默寡言的石匠
而我则继续
借藤枝跨过一道崖隙

星光纤弱，引我走向窄门

独　酌

我喝下的是半壁江山
我的身体是另一半，已被统一
我喝下的是一个人的陶然
和一个时代的醺然
众生稀世之盎然

在小餐馆，就着朦胧暮色、初升月色
和老板娘的姿色
我喝下的是太白的孤傲、东坡的笑傲
突然而至的雨水是一次共饮
秋草一夜耄耋

我尚有余暇，忆及爱

棋　局

我一会儿是卒、一会儿是马、一会儿是炮
攻城、掠地、拼杀、血溅
万军之中，只取项上之物
酒未冷，杯觥里仍肝胆相照着
那位自称慈不带兵的人，正悄悄向我袭来

局内有局，我已无法跳出圈外
执子之手，弃我如敝屣
请借我悬崖百丈，海波千顷
夕光中，草木凶猛
而我将化作一粒沙，躲进一只蚌体

磨砺，赠沉默以疼痛

我带罪抒情

我仍是我的王
我用我的王法欺师灭祖
铲除妻儿、手足、和朋友
和那些认识我却不肯称臣的人们
不到万不得已，我不称孤
我仍是我的帝国
除了王法，我还拥有兵法
我搞经济、搞政治、搞文化
搞一切众望所归的事情
这是走向独裁的必由之路
但是我首先必须对自己民主
让自己说了算
在旁观者看来这却是专政
我仍是我的太阳
不管他多么地高高在上
当金辉洒在我身上
我多么纯粹
我是一个骄傲、自卑、诚恳
多疑、深沉、浮躁、朴素、虚荣
活泼开朗、又时常将自我封闭的人

回 声
——致卡伦·布里克森

你到达的地方，东南方向
长眠着一位我喜欢的作家
我测算过那些经度和纬度网罗的春天
她的灵魂干渴
却再也不需要更多的传记

在那里，你、我，和她一样
可以从任何自然的事物中获得完整的形体
一个傍晚，你要雕塑我的嘴唇
一座塔楼远离墓园
你让她从我喷泉般的语调中复活：
咖啡树林、受伤的狮子、三支来复枪……
文稿在烛火中燃尽
谁继承了这痛苦而热情的天赋
我又一次在空中目睹那动荡之地
一动不动的容颜

她走过漫长的峡谷，和你一样
肉体像日光一样工作
去辨识每一种香料根茎、花朵、树皮的差异
在这里，死亡满足了所有人的幻象
在这里，富有和贫穷是等值的
她在我头顶举起树荫
呵，我从来不曾相信墓志铭中的谎言
雨水却盛满中国南部的咸味

"不，不要再开口祈祷"
你说，美用不着石碑上冷冰冰的纪念
河水的反光，让我有片刻的晕眩

人们那些可怕的念头、过度的怯懦
摇晃着船只
我盯紧水中的光芒
我和她一样，并非是人类中最虔诚的信徒

在你离开的第十一个昼夜
我就发明了一个新的地理坐标：
她穿过市集、修道院、农场、穷人的窗台
在悬崖边上站了一会儿
扭头对我说出了那个词——

雪的意志

二十多年前，失足落崖被一棵树挡住
婴孩的脑壳，一颗容易磕碎的鸡蛋
被外婆搂在心口捂着
七年前，飞机猛烈下坠
还没有飞离家乡的黄昏，山巅清晰
机舱幽闭，孩子们痛哭失声
这一年，我将第一部诗集取名为《云上的夜晚》

五年前，被困在珠穆朗玛峰下行的山上
迷人的雪阵，单薄的经幡
我像一只正在褪毛的老虎，不断抖去积雪
风向不定　雪的意志更加坚定
一个抽烟的男人打不着火，他问我
你们藏人相信命吗？

我不是藏人，我是一个诗人
我和藏人一样在雪里打滚，在雪里找到上山的路
我相信的命运，经常与我擦肩而过
我不相信的事物从未紧紧拥抱过我

孩子们替我吹蜡烛

一个老朋友，生物学家
在研究人类如何返老还童
我与他最后见面一次
是上一次金星凌日，十一年前
一个学生，工程师
在研发人工智能如何模仿人类的感情
和他午饭后，我要赶去爱一个陌生人

关于时间，我是这样想的：
如果他们真的创造了新的时钟
作为他们的同行
我，一个诗人，
会继续请孩子们替我吹蜡烛

夜访太平洋

礁石也在翻滚
前半夜，潮汐在地球的另一面
它也许拥有一个男人沉默的喉结
但黑色的大海压倒了我的想象

我不应该跟随谁来到这里
太平洋被煽动着，降下一万丈深渊
我每问起一个人的名字
就能送回他的全部声息

我突然想平淡地生活着，回到平原、盆地、几棵
  树中间
我怜惜海水被永恒搅拌
另一个诗人也在岸边，他看着我跳进一半残贝
他不会游泳，更不准备长出尾鳍
我的进化加速了珊瑚从红色中挣扎而出
礁石也在翻滚
一块鳞片一块鳞片地砸疼我
沉默的男性是否早已放弃两栖生活？
他不伸手，不打算拦住一个浪头斩断我的触须

我为什么来到这里，荒凉的大海荒凉的深夜
谁邀请了一个被波光蛊惑的女人

她为何违背请柬上的告诫，跳下礁石
没有人告诉她日出的时间
她只好站在一摊水里，不敢游得太远
和男人一块儿 反复地等

树在什么时候需要眼睛

骑马过河没有遇到冬的时候
小伙子的情歌里雀鸟起落的时候
塔里木就要沉入黄昏的时候——
白桦们齐齐望着
那些使不好猎枪的人

美丽的事

积雪不化的街口，焰火在身后绽开
一只蜂鸟忙于对春天授粉
葡萄被采摘、酝酿，有一杯漂洋过海
有几滴泼溅在胡桃木的吉他上
星辰与无数劳作者结伴
啊，不，赤道的国度并不急于歌颂太阳
年轻人只身穿越森林
雨水下在需要它的地方

一个口齿不清的孩子将小手伸向我——
有生之年，她一定不会再次认出我
但我曾是被她选中的人

时间旅行者

1

时间在这颗星球的运算方式有许多种：
日程表、作物生长周期、金婚纪念日
十八个小时的航程，中途转机再花上几小时
睡不着的晚上数三千只羊
丧礼上站半个小时等同于一场遇见情敌的晚宴

人们在描述它的景观时饱尝忧虑
泥土中的黑暗、被隐藏的瞬间
比壮年更具生命力的想象

每一根枝条压低，都可以任人巡游半生

2

这么遥远的旅途，像旧世界的酒
世故、饱满；所有杂音都堕入安详
日复一日，我在创造中浪费着自己的天赋
夏天需要赤道
冰川需要一艘破冰的船推迟它的衰老

渐渐地，我也会爱上简朴的生活
不去记挂那些无辜的过往
黑暗中的心跳，也曾像火车钻过我的隧道
是的，我从前富有
拥有绵延的山脉和熔炼不尽的矿藏

当我甘心成为这星宿的废墟
每次我走进那狭窄的忠诚
呼吸着陨石的生气
我知道，那些奴役我们的事物还活着
我们像时间一样憔悴、忍耐
等不到彼此灭绝

3

我要和那些相信灵魂不灭的族类一起
敲着牛皮鼓，在破败的拱门外唱歌
太阳会染上桔梗花的颜色
孤僻的岛屿，将在波浪中涌向陆地
仰慕骑手的人，已校准弓箭
我爱着的目光，依旧默默无语
我们唱出永生的欢乐，沉睡的少女
招呼疲惫的旅人进来歇息
他的衰老坐在岩石上，看见
死神弯下了身躯

回旋曲

我们怎样和过去的人交谈？
又一个春天，鼠曲草发出嫩芽
它的花是一种接近睡眠的暖黄色
睡眠让人练习与记忆和解
抽出一朵花或一片花，在睡梦中并无太大区别
而描述是艰难的，尤其当人们意识到在海上漂流
为了返航，要克服巨浪导致的晕船

过去的人怎样和我们交谈？
重新开始的季节都要付出加倍的忍耐
蛇蜕下皮肤，不干净的鳞片呵
也要尽力铺展

偶尔，我们会做一些平日里想不起的事
动身去一个陌生之地或学习一门冷僻的手艺
寄望我们的儿女成人不用模仿我们
即使我们知道希望渺茫：
如果人们还爱着过去，就永远学不会和它交谈

猎冬

猎人放走了一只麂子
它和麋鹿一样警觉，羔羊一样脆弱
再过几天，河流就要被霜罩住
猎人的烟被冷熄了
他神情发亮　无所惋惜
正琢磨着　把不远处的香料变成一门生意
而不是把最后一朵红花　献给猎物
一个对冬天毫不知情的女人

羌人六 的诗

特别推荐·中国 2016 年网络十佳诗人

送给那些草去生长

这深山，薄夜，风吹，闪烁的繁星
山外灯红酒绿的人间，
以及那匹对合群与平庸
嗤之以鼻的马，听到一个遥远的声音
在念诗，
在把长得像马尾巴一样的岁月裁短
送给那些草去生长。

这虫鸣，书本，牙疼，烟蒂，和废墟
原本就是凶器。
凌晨，他像风一样驶过寂静，
想起问他腿上
为何长了那么多"胡子"的小孩
依然高兴得合不拢嘴——
但他们不会再遇了，仿佛他们早已
在相遇的刹那死去
活着的，是那纯真无邪的相遇

相遇也不会再有了。
只留下一个遥远的声音
在念诗，
在把长得像马尾巴一样的岁月裁短
送给那些草去生长。

关于栽活李白的这片土地

栽活一棵李白难于蜀道。
李白的浓荫里
要将一首诗在薄情的纸上

栽活，同样难于蜀道。

假如李白是一棵树
栽活这棵树的土地
应该愧疚，甚至为之
感到羞耻——

一千年早已过去
李白这样的树
始终只有一棵

如果能一刀切开所有谎言

属于又不属于声音的世界
沉默的石头多么不凡
属于又不属于色彩的世界
又何必急于澄清
内心的早熟和外表的关系
急于意会友谊的厚度、
爱情的浓度或者亲情的温度？
属于又不属于你的世界
一切都感冒了，
源于你的冷漠。
属于又不属于我的世界
每个瞬间，都在将我催眠。
如果能一刀切开所有谎言
我也绝不会那么做，即使
诚实是一种机会。
我愿意不动声色，
静静感受时光，
看它的天真与顽劣
看它属于又不属于自己
如同冷飕飕的空气闯入

我空荡荡的呼吸

让穷人们打起精神

一个人活着活着就老了
两个人爱着爱着就疲倦了
一个人，两个人
似乎都不幸福，似乎都很苦
经历伸出启示：
沉溺，往往适得其反。

如果活与爱，被当作解馋
生活会否变得美好、浪漫
慢一点活，节约身体和灵魂
酿出的蜜与疼。

慢一点，如同这乡下的雨
姗姗来迟，却有足够的天分
让穷人们打起精神。

荒芜

这样静的夜，静得像是
人类文明早已过期
我以为自己
正是那把很久没开过家门的钥匙，
浑身盖着锈迹
呼吸，聆听键盘，脖子僵硬。
我期待夜晚会突然伸出它的小手
握紧我的孤独。

这样静的夜，总会有荒芜
以及远离乌合之众的兴奋
和山里雪白雪白的月光挨在一起
大声朗读这悠远的静

深夜，一粒粒小字，犹如江油关下的沙子
无声聚集，形成一个人内心的岸
我不愿开灯，在黑暗的皮肤上
拧出内心巨大的苍茫

白马寨

我无法隐瞒什么，
那杜鹃花一般怒放的欢喜，
始终没有冷却。
把呼吸宠翻的欢喜，像白马寨
几近中暑的热情，大片大片的云朵和
令人心碎的蓝，瞬间烤化了
抵达之初的陌生感。
一根根白色的羽毛，在唱不完的歌
跳不完的舞还有喝不完的蜂蜜酒中
闪烁着神秘的光。
我的满足是深海里的鱼
它很久没有上岸，但此刻它就在岸上
对白马人身上穿梭的古老与幻象
爱得一贫如洗。
午夜过后，尽兴的人们纷纷倒床大睡，像
一片片吸饱了露水的草，起伏的鼾声
大过月亮。
白马寨下雨了，作为一片
尚未被睡眠淹没的黑暗，
我在床上翻来覆去，暗暗猜测
寨子背后的山神也必然
喝多了蜂蜜酒，在窗外孤孤单单，撒着
欢乐而冗长的小便。

忏悔

这些年，我在文字里模仿堂·吉诃德
自娱自乐。那儿是一片风景亮丽的沼泽
隶属于务虚者
我厌倦喧哗，偏爱压低喉咙的寂静与露水
清心寡欲，话少得可耻。
这些年，我把伤口和裂缝写成诗歌
用文字虚掷光阴，麻醉自己
也梦想荒废中有所建树，正如沼泽的另一面
还住着许多喜欢独辟蹊径的大师
纯粹的企图与乐趣，使我乐此不疲。
跟小学没有毕业的母亲炫耀那些作品，
尽管，我把它们看得重如泰山
也远远轻于母亲对我的担心。

这些年，我并没有因为写下的
不是让人趋之若鹜的钞票、房子、享乐
而自卑，我很庆幸，我的劳作
不但坚固了我为人的信仰和尊严
还为本该短命的欲望和罪行，提前献过花圈。

山河仍在

山河仍在，不以生死为直径
一脸秋霜，在时间与心灵交界的地方
向我们挥手致意。山河是倒着长的，
所以越活越年轻，越活越庄严伟岸。
春夏秋冬，人间冷暖，不过是
他小小的驿站。山河仍在，每年春天
他都像我那苍老的父亲，看着
另一些命
从老地方冒出来
挨个儿清点它们的遗产，
然后，赋予生命新的权利和义务。
他并不愿意老是打搅我们，
像倔强的父亲
最后，累倒在一堆石头下面
让坚硬如铁的骨头，在黑暗中继续燃烧。
山河仍在，在更多的不在之中
惟有它一如既往，替我们祈祷春暖花开
为苦命的亲人们送去沉甸甸果实和希望。
山河仍在，他像树和云一样坐怀不乱，像每天
那么年轻，永恒的歌者，在沉重的时刻
把我涂抹着胆汁的笑脸激活。

恐　惧

山里的夜晚，想变成鸟的孩子，
被刚刚醒来的灯火
一把捞回河边那排小屋。
灶孔张着血盆大口
有意无意飘出的火苗中间

奔跑着史前恐龙与蝙蝠的身影，
孩子们双眼紧闭
以免被恐惧吓跑。孩子们用一只耳朵听着
家长里短，用另一只耳朵听着山上
猫头鹰发出的惨叫。也想象
庄稼地里三五成群的矮墓
如何突然地由黑转绿，健步如飞的鬼火
如何在山头奔跑，
而青面獠牙的水鬼又是如何
在水底缓缓移动，寻找夜宵。
老人们围在火边寒暄，专注于
一种多余的恐惧，幻想那绵延不息的热量
把脸上的皱纹和头发里的雪花
慢慢烤化。

家　神

端午节，带朋友回平武老家做客
晚上，母亲主动安排起客人休息，
她从喉咙里取出三八线。当然
我明白她的担心和用意：男的和男的睡，
女的跟女的睡，不能暗度陈仓。
她的嘴上念着一个被重复得
有些虚脱的词："必须。"
我的朋友跟他的妻子立马
锁住了脸上的笑容。母亲急切地解释，
"这是我们这儿的规矩。"
我暗示母亲别管闲事。"这两口子必须分开睡。"
母亲悄悄跟我说。她固执地表示
不能把规矩坏了，即使得罪人，也不能得罪
家神。入乡随俗，我的朋友跟他的妻子
尊重且执行了母亲的意见。敬畏，被赋予行动
看似多余的礼节，在拘谨中
让我们意识到家神的存在与忌讳
无邪的镜子，岂能当作耳边风……
翌日清晨，大家纷纷表示夜里睡得很香
一夜白驹过隙，仿佛有比睡觉古老的庞然大物
把我们一道吸了进去。

玉珍 的诗

月季花坛

它们开了，像玫瑰
但不比玫瑰俗气
整个花坛并没有多少月季
花枝垂坠着，无人欣赏

我在一坛月季中观察时间
一个月，一个季节
静止有些冗长，它们枝杈绝望

很多美最终死于孤独
花瓣沉默，有如昨天的我
而昨天早已凋谢

但它们仍旧开放
花蕊端正，想要长出翅膀

从打开的花瓣中我感受短促的奇迹
而人要从凋亡中去明白恍惚的一生

镜 子

镜子里那个我有点假，露出冒牌货的虚伪
她一定抱有背叛我并扭转命运的野心，不可能的
永远只有影子，不可复制并——永远迈不过去

镜子照见了我全部的虚弱，瑕疵、软肋以及
行动的弱点。但照不出我的魂魄，照不出

骨风和格调。这种平面的呈现
让人习于自满并忘记追索。但，
我离不开他就像离不开一个虚构和向往的我

那个用于满足干瘪自卑和完美野心的工具
在泡沫的掩护下，生出玲珑而无止境的美
这样便趋于平衡了——我的心
捕捉到期望而心安，那是一种发现
——虚幻的证据

是的，我不能没有一面镜子，
我害怕无法用他人的眼睛看见我自己
我害怕无法在惶恐中端详我自己
哪怕镜像破碎，哪怕只有阴影

动情的艺术

爱让整个人趋向于动情的艺术
罂粟般摇晃
美妙的精髓如此清晰

爱使人更像自己而忘了自己
过于自恋而不自知
更多爱无法解释爱
更多爱排斥其他爱

它借用一个人表现自己
这具体比爱更厚实
正在爱中的人并不知道爱
深爱过的人也无法解释爱

他们挽着手从傍晚的花园走过
脸庞如纯洁的蔷薇花瓣
爱让整个人趋向于动情的艺术
美妙的精髓如此清晰

我就是我

我就是我，无从解释的抽象
一个陷于寂静的，庞大空白的深渊
所有分析都有手术的疼痛
原谅我一生拒绝麻醉的清醒

我是草，边缘有防范的锯齿
是荆棘丛生的芒刺，但会开脆弱的花朵
我有铁的坚硬和蛇的韧性，具备砒霜的危险和
佛性的良善，我困于复杂，永生得不到诠释

都是逼迫出来的，我生性敏感
这所有的抒写，都有焰的焦灼和水的浩瀚
爱我的人才明白，我眼底宿命的讯息

这一身矛盾注定孤独，还有血
这不安分的罂粟，注满骨节无法逃避的风声
我悲伤的联想宣判我，要孤身一人面对万物的追
　问

我简单同时丰富，悲观同时乐观
我矛盾但是统一，只有一个我但
偶尔不是我或成为多个我——
而我终究只能是我，无法是别的事物

奢　侈

我找不到可以寄托的事物
一些美过于空旷
像我自己
一些又过于陌生
充满危险

有时我手上大把的糖果和鲜花
不知该送往哪里
我羸弱，孤僻而羞涩

在大街上埋头走路

真悲哀啊这么多事物被浪费
在我身上
随时间速朽

别哭，生活

让我抱着你，我的膝盖
当生活再次以审判者的身份朝我走来
我知道一场悲伤将继续消耗夜晚，
我的梦，你不曾睡去
哦，夜莺啊，蛙鸣，
做我的摇篮曲，
当星辰中再现童年的图景，悲伤的梦魇来到身
　边。
一种遥远热切的回忆
正将我送入名叫坚持的银河
别哭，眼睛
爱情的摇篮艰难而伟大
它泪光中的湖泊里
站着永恒的母亲

白在白上，轻而无声

我需要写下点什么，这样的夜晚
适合朝真理倾诉

正是深冬，遍地白雪
人间大道和稿纸一样平坦
雪之花凋零成河流
想家的人在大街上落泪

我的倾诉毫无目的，面对广大的黑夜
那儿有一群人朝我奔来
所有人里面没有敌人

推开心一阵阵紧促的风声
推开门人间没有死寂
是的，一旦我打开
就会有另一件事物必须关闭

我听见呼吸一张一合，太静了
犹如雪轻轻落下，白在白上
——轻而无声

云浮山

草叶香熏陶了我整个童年
野花茂密，云浮在山顶上

五年，十年，十五年，一直如此
从我被瓦砾活埋的 5 岁到现在
牛群死光，田野被机械耕种，云朵
依旧浮在群山之上

那是很多年前，我追一只蝴蝶
追到了云浮山，映山红血一样斑驳
香气恍惚如夜曲，我躺在花枝下睡着

白日梦花香那么虚幻
一片云浮在我额头上，群山站着像我的身躯

多么漫长的十年，云一直浮在山顶上
——那些过去就像昨天

我的寂静

在我努力营造的寂静生活中
喧闹们衬托成怪兽，从梦中伸出巨大的手
它们的脸如此滑稽，叫声竟有些
马戏团动物的可爱

在我认真享受的寂静生活中
一切风沙被门神阻挡
一切打扰被谁原谅
我蹲坐在挨着一枝风信子的坐垫上
瑜伽长出鹤的翅膀
小提琴优雅动人

我什么也不想
我享受着万物馈赠的安宁
那从我手中无辜浪费的光阴
正从寂静中悄悄回来

给索德格朗

不得不谈到低沉的词语——
在病神笼罩的萎缩花瓣下，人的愁容
象征乌鸦的黑暗。

你可以从一条河流
窥见世界的动脉，而诗歌如此苍白，
辞藻堆不出四月之花。

关于我们的生命，追求与命运
有时如小丑面具下的脸，颜料混杂着泪水
沾染了狂笑的气氛，那些荒诞无人可解

我们走过的路都是世界的路，而途中的悲伤
只属于个人。因此要原谅无数迟到并
——狗尾续貂的人生
在灰暗的叙事中，你看见眼眶中纯洁的白

喊一遍痛心的祖国，你站在不是祖国的地方
写下了无法重来的记忆，
并再次还原成一个人

早夭的石榴

在城里我看不到星空
一团实体的黑
只有胸闷的形状
那些可供仰望的事物
越来越少
他们在霓虹中扭动腰肢
步伐匆忙流利
赶赴虚荣的约会
而街心花园很空
独处被嘲笑为自闭
我蹲在树下
对一颗石榴发呆
那是颗早夭而难看的石榴
像我的孤独包着粗硬的外壳
我躲在树干下将它撬开
好可爱啊
里面一片晶莹
星星般簇拥着光芒

特别推荐·中国 2016 年网络十佳诗人

28

高短短 的诗
GAO DUAN DUAN

北 方

与父亲走在路上，我挽着他的手臂
想起来，这是仅有的几次
和父亲如此亲昵
我们走过大雪覆盖的路面
谈了些近来发生的事情
他态度温和，偶尔还会开些小玩笑
我同他说起对未来的打算
北方的雪落在父亲的头顶上
我才发现从前的暴君，已经老去了
邻居悄悄对我说，父亲因为工作的事情
被领导指着鼻子骂，话语里
甚至带着对我爷爷奶奶的咒骂
父亲没有像从前，在我们面前一样
暴跳如雷
他不能啊，他有老迈的双亲
还有三个尚且青嫩的孩子
在生活面前，他的一生
都做了我们隐忍的臣子

鸟

他说话的时候，我看到一只鸟
正在拼命地挥动翅膀
他说电影里那个贫穷的白俄女人
最终嫁给了一个又老又丑的男人
他说他们肯定不是真爱
他说经历过贫穷的女人都自私
我自始至终都没有说一句话
专注地看着那只鸟，它快速地
越过老房子旁边的泡桐树

那些喇叭一样的花开得真好
后来的很多个日子
我都会忍不住去想那个白俄女人
和那只拼命的鸟。有时候
它会不会也从那么高的天上
落在这么低的人间

遗传病

雪是轻的，寒潮汹涌如鸦群
在我不善于打破的寂静里
有人在河边炮炸产卵期的鱼
邻居家的少女，忙于寻找
被父辈遗失的网
混乱的水面高于收割后的稻田
人们捕捞落叶，以及从乌云里
透出来的阳光。谋杀是一种遗传
更多的人学会了，使用残缺涂抹自己
光束割裂每一个人的脸庞
空气里的他们，充满违禁品的气息

有关连云港

我梦中的城市，我梦中的亲人和故土
在地下隧道，超市，按摩店
偶遇少女和扎堆坐在一起的老年人
晒太阳，逗猫，试穿新衣服
与不同的中年女人交换眼神
我们吃红烧土豆也吃彼此的苦衷
夜晚我们喝白开水和酒
与远方赶来的友人
谈论没有生起来的火炉
海风吹过新剪的头发形成波浪

夜色就在远处，像从未来临
每一日我们经历着世间的无常

必要的雪

一个冬天的早晨
我独自去了河边
四野寂静，晨雾笼罩着枯柳
河水的边缘结了一层薄冰
水流跃过鹅卵石发出声响
几片叶子有意无意地飘在水上
它们随着波浪游荡，形状微妙
大雪就在这时落了下来
一切毫无征兆又像早有预谋
世界仍旧以某种神秘的方式运行着
与这场突如其来的雪比起来
那些不安和厌倦又算得了什么呢
像一场不受任何人控制的雪
它们也从未受我控制
从河边折返时
我明白自己将会爱上
更多的河水和堤岸
它们仍旧冰冷，无常
拥有必要的晃动和沉默

晚餐时我们谈到大海

在屏幕上
我们再一次看到大海
那些浪花，暗礁
以及船员的惊慌失措
因为剧情的安排
我们将一切尽收眼底
然后画面切换到了
男女主角大难不死之后的
哭泣，亲吻和拥抱
但我们谁都没有兴趣
去关注他们的缠绵
而是开始讨论大海
壮阔，凶残，杀人不眨眼
我们说出这些词语
牙齿就开始发软

总是这样
对于不了解的事物
人们充满了敬畏

相似性

你喝醉了。像个孩子一样
你打电话给我，只是哭
我听见电话那头你的呕吐
我知道你想说些什么
但你的脾胃阻拦了你的话语
亲爱的，我站在海边
望着你的方向
那个你生活了多年的地方
在祖国的心脏上
而你哭得那么伤感
像你从未触摸到它
而对于你的哭泣和悲伤
我只能感到同样的疼痛
并无所适从

病　人

我把一层湿纸巾覆在医用口罩上
再把医用口罩覆在我的脸上
医生说这样可以缓解我喉咙深处
长久的干燥和不适
"有时我真是恨透了这里。"
他对我说。肮脏的空气
拥挤的人群，病态的眼神
没有哪一样不令人厌倦
我伸手接过会诊单，那上面
有我的病因，治疗药品名
以及一个厌倦世界的
医生的医嘱
"正因为一切都会结束
我才不介意继续活着"
我向他致谢，起身道别
我在医院的走廊里
看到病人搀扶着病人
病人打着吊瓶，病人喝药
一个病人去看另一个病人

一群病人送别一个
躺在床上的病人

也让她看起来像极了
西方油画里的圣母

苹 果

一枚苹果呈现在我眼前
如此诱人。如落雪的圣诞
一个哲学狂热分子告诉我
苹果即禁果
我并不把《圣经》作为枕边读物
亚当和夏娃，他们的羞耻心
是上帝惩罚他们的开始
然而惩罚之沉重，是必然的
正如我对某些事物感到厌倦时
会有人跳出来告诉我真相
"如果你见过一些庞大的事物死亡，
就会发现一切毫无意义。"
在伊甸园里
只有上帝明白一切

相 认

期待有人，从人群中认出我
清晨的惊喜如鸟鸣
时代的阳光均匀地刺伤每一个人
那个人会从人群里走出来
将我的一切解释清楚
红色的是愤怒。过多的水
代表多余的疼痛
我的怨气很深
他一定会挖得很辛苦
像种该还的因果
如果他愿意
我也可以学会解剖别人
在人群中被漫长地期待

安 静

她在一个小站上车
带着一个两三岁的孩子
小男孩看起来很开心
对着窗外一直喊
"托马斯快跑，托马斯快跑"
她接了两个电话
一个是婆婆的
一个是丈夫的
期间孩子一直在捣乱
她有些厌烦
就撩起衣服
露出一圈赘肉上面的
乳房。让孩子吮吸
孩子很快就安静下来
车厢里来来往往的人
都会看一眼他们
而孩子伏在母亲身上
像睡着了一样
哦，时间仿佛在这一刻定格
她早已断奶的乳房
让她得到了安静

再见之前

我对你保持礼貌性的问候
你叫我妹妹
忽然又脱口叫我兄弟
这个称呼一直延续到结束
我知道这是诗人见面的常态
我们互相读彼此的诗
谁先发出赞美
谁在谁的诗句里读到怨气
谁劝谁不要再继续写诗
这些都已经不重要了
我帮你看相
试图说服你理解苦难
你对我念了几句佛经
又用汉语说谢谢
是的，对这人间
我们还有什么好说的呢
再见之后
没喝醉的人
还要赶赴下一场约会
我们又会遇见别的
未曾谋面的亲人

阿海 的诗

上元书

我将积累越来越多的毒素
在黑暗中不停地洗手，这倦躁的夜
没有官闱，只有你在地图上为我
擦拭的众多茅草屋，大雨中
无法推敲，无法辞筑

像一条条闪光，洒满粗质裸盐的道路
无用，不遇，被你指于那
从未谐明的圆月中

献给汤逊湖上的一只白鸟

你载着明粹的眼睛
来往于两岸
你于何处划翔
又失尽于何时的天际
你去往何方，从沦丧的
此岸，扑闪着翅膀
轻盈如细节
炫晃着心灵
我多么向往你啊
优雅地回返
洁净的记忆面朝未来
像这些坐在你巨大
空虚翅膀投下深重阴影里的人们
太阳晒着衣领
湖水拍打着他们
卵石般呼吸的言语

月光论

从未有过黄鹂
也从未有过白鹭

在你额头，这不存在的事物
如纷垂的雨滴
延宕一场空无一人的对论

公共学的蝉鸣

在室内，我将为你
竖起粉笔，雕像，绿色的邮箱
竖起一面写着
"专治口吃"的墙

风雨中
它们扯着嗓子
扯着一两棵辛酸的梧桐

高山流水

1

多年前，由此去晋地
我带走了低飞的燕，夹岸的桃林
带走了它们疾速
往来的穿梭
站在柳枝纷纷垂落的坡间

那么多无名事物，已变得不可触认
如同挽袖，异乡的游子
无情收回了
拓纸般的月光
旷野上，落日如一片红晕
滚落于我疾驰的车下

2

淅淅沥沥的
雨后，试图鼓琴
谈论一株香樟
我纯然不知它的远走
我熟稔它的远走
——这种多么古老的魅惑
流水，来吧，让我刻下你的脸
荷叶，我的挺拔，你的睡眠
燕子，注视我，我予你一座屋檐
竹子，我感到有些冷
我感到微风中，我高出了
你秘而不宣的身世
雨后，亭子
滴着水，丧父的人，我很累
我把它擦得如明镜般
却找不到一张
恐惧的脸，月亮在枝头寂静地降落
从未有过映现的时刻
那坟冢间的野蝶，流着泪
也不过是一种离别——
赤身，爱它们，已渐无可能

3

先生啊，请接着鼓下去吧
我深知这听的艰辛
似乎是离去，似乎是
传诵无言的悼词——
一座亭子，我已用它放飞
解忧的燕子，当我念及
荷叶，念及你的向上
念及你无畏，深情的回望
哦，举目皆是
深深沉睡于河面的浮标
像此间遗忘的滩涂

交换彼此的河流，于迷乱的记忆里
不断跨过自身
又猛然一跃，把无用
抛于空空的水面
多么清新，波光粼粼的一切啊
当我念及月光
念及它伏于三尺的忧劳
哦，这困于双手
永恒的理解，当我顺着您
起于虚空的手指
看到即说出，此间又是
多么明亮——
如同不可或缺的前世
您从远处的渡口来
我在此地为您听

4

午后，几棵辛酸的梧桐结出了蝉鸣
一只鸣蝉在掩没另一只
风雨的在掩没寂静的
透明的在掩没阴影的
练习的在掩没无用的
多情的在掩没无情的
它们哀恸在我耳中
像一场混乱的运动
丧亡了一个未知的人
多么怅惘的垂听的人啊
我将为你竖起高台，黄昏的椿树
风格的白石，战栗的阴影
竖起这大陆的崩溃
竖起我多声的琴
与单音的记忆

5

哦，风暴就要来了
多少事物已淡于绝境
失去回音，失去无用的形体
先生，请暂且离去
在这里，请保留一种仁和的听
淅淅沥沥又下起雨——
流水，请从此刻溶解
我的脸，那获取后

永恒的一种内在的恐惧
燕子,你我之间
纯洁的高度,曾恰如其分
为此而存在的高度
哦,你只是有些冷,你只是
竹子,一种口腔禁闭
悠长的气息,在黄昏风格的高台
有些反讽,有些睡意昏沉
荷叶,你的顷刻,我将为你
在从未有过的矗立中
找到流水,那一些碎裂
一些蓦然间抬起
当燕如编织,穿梭于
你们内在的凸起与塌陷
穿梭于一种绘下的
理解,多么难以附和的理解
不曾有过的寂静
在你我两岸,刻意的
流逝,往来似乎为了相忘
为了刻满无用舟船上
遗忘的技艺,哦锈蚀的江面
失去了斜风细雨
失去了稚拙
我曾多么用心地领会
这绘下柴扉,落花,仿若无意间的稚拙
这亭台间的无用
这哀恸,这面对流逝
多余的忧思
给它们树荫下
辜负,远行的愧意——
似乎长存了
又似乎消失了

虚构论

燕子筑巢于檐下
流水把柳枝的倒影刻得更深

多么年迈啊,要理解
这一切,充满树荫下等待的未知
我的姥姥,毗氲寺的女主人
此刻弯着腰,苍老的身躯寂静
嗅着一朵沉睡的野菊

室内的考试学

两点之间,我再次感到肠胃的不适
纸上的词总清新脱俗
我赠予它一扇临街的窗子
从小弄堂出走,绕过几幢居民楼
衣杆慵懒,几束吊兰
闲闲地敲打午后
花店的小黑板闻上去
依然是香的,这越来越远
到郊区废弃的垃圾场
我习惯了在中间的事物
影子一样遥远
窗外的树木沉浸在隐身中不能自拔
而天气阴郁,寓言般牢靠
点点鸟鸣充斥色情

绝　句

每日路过一片梅林
一味苦涩的药
她的衰微,令我痊愈

每日都有轮滑于侧面
手拖绿色垃圾箱的环卫工
这原地隐匿的医者

一只乌鸦,艰深地咽了咽口水
从空中笔直地坠了下来

刘云芳 的诗

LIU YUN FANG

月光将我收割

再念一段经文
满沙坑的蛋就能孵化
在树影里，我多么惧怕
母亲被带到远处
听说跟一具新鲜的女尸有关

我那行动不便的母亲拄着榆木拐杖
一下，一下，敲击着土地的心门
她身后跟着三四十个老人
都有可能是凶手

我怎么不去施救
眼看着她费劲地上车
眼看着她在窗口用力微笑
我蹲在沙坑口，听那些巨蛋破壳
好像从那里可以孵化出
我完整的母亲
其实这都是梦

此刻，
沙坑里　我的孩子在挖一道深坑
我抬起头
中秋的月光似乎来自我们的村庄
它认出我
瞬间将我收割

隐在女孩堆里的小母亲

喝完这杯水
我就把自己缩小到五岁
在比儿子高一年的幼儿园大班里学习
我把一朵小红花当作梦想
把好朋友在本子上随意画下的线条
当作永恒在奔跑

我只喝白开水
只吃绿色、清淡、易消化的儿童食物
偶尔背诵一首古诗
唱一首儿歌
相信伸长胳膊就有城堡
相信手指一挥，就招来军队

下课时，要让中班的儿子看到我
下学以后，跟他一样
想到零食、动画片和陪伴
跟他一样磨蹭
犹豫到底要不要吃一根棒棒糖

庭子想要的妈妈
就是一个隐在女孩堆里的
小母亲

等一只麻雀优雅地走过

它从一棵矮树的树冠里飞出来

落在我的车前
站稳，用尖嘴在草地上捡拾
自己的影子
刚才　差那么一点点
车轮就会从它身上碾过
我差点
变成一个不用负责的凶手

此刻，它与我对视
让我想起故乡山地里偷谷子的麻雀
它们站在稻草人的肩上
让树木和天空，还有手拿鞭子的我
显得那么古老
我还想起美食节上成堆的麻雀的肉身
它们在油锅里尖叫

而这只麻雀　祖先好像
忘了在它翅膀上刻下恐怖
刻下警惕
它歪着脑袋看我，然后转身
从我面前优雅地走过
那个过程很长
足有一分钟

头　颅

从八楼看下去
那些女人，她们是那么鲜艳
红的、绿的、黄的、紫的、蓝的
方巾包裹在头顶
她们种草、浇花
把一棵粗树移进土坑

每天中午，她们都用一幢高楼挡风
在那里吃饭、嬉笑
靠着墙午休

在风里
鲜红的方巾从一个女人头上脱落下来
像逃命的头颅快速奔跑
那个女人拼命追逐
一群女人围追堵截
像是在狩猎

这些女人，让我想起我残疾的母亲
假如不是病痛
她此刻应该也在城市的土地上
移植草木
被别人的女儿从高处注视
并当成阳光下的美景

生命线

风　这只模糊的手
把所有人的生命线摇醒
村庄迷离着眼睛
羊角和羊角磨刮出新的秘密
孩子快速长大，一不小心
就把房顶戳出新的窟窿

假如晴天也有雨
脖子的角度稍稍向上　能看见
父亲用石头蹭掉还活着的泥土
关于幸福的定义
他从地的东头到西头
又从西头到东头，
一辈子来来回回
在幸福之间犁地、撒种，丰收或者欠收

连蔬菜的绿也不可信

桌子上的羊肉片拱起热烈的红唇
一朵红　它如此沉默
它鄙视这虚构的　冒着热气的温暖
此刻，连蔬菜的绿也不可信

未散场之前
所有的前腿、后腿、心肝肺都在沸水里
跳舞
比人的舌头还兴奋

散场之后的深夜
这些来自不同部位的肉　经过味蕾和食道
像筵席上的人一样
比较着出身，排列着政绩与地位

它们绅士般优雅，互相让路，互相赞美

为此，我不得不像上帝那样
一次次吞下清水　也像上帝一样
食物每在胃里下降一步
脸上就有一根皱纹加深

路过废弃的水泥厂

厂房已经塌了
成为时间的切面　被展览
所有粉尘都完成了修炼
在高大的灰窑里保持静默、或者挣扎的姿态
作为一个受展者，它们
首先要学会模仿自己

我几乎能看到回环的楼梯之上
一些重重叠叠的人影，一个
穿着中山装的年轻人正在拾阶而上
一个、两个或者更多的工人
蚂蚁一般穿梭在车间里
巨型的机器正在撕咬、孕育和分娩

老机器不甘寂寞，必须学会破损
就像这老厂房
从高处掉下一片瓦，一块砖
将自己做哪怕些微的改变，而不是复制

我确定　一个洞悉内幕之人
站在暗色的玻璃背后
他正在燃起一根1940年的香烟
正在等待相逢或者相认

当我发现这个秘密的时候
只能转身
我知道，在某些沧桑的事物面前
年轻真的是一种罪过

看一条鱼分娩

它追逐自己的影子
想钻进那团黑色里
失败之后，搬运微小的石子

它要建立一个新的国家
像吐泡泡一样
从身体里吐出丞相、将军、商人和百姓
还要吐出守城的士兵和游荡的闲人

几个小时后，它肚子干瘪
为了消除高贵的疲惫
开始追捕、活吞刚出世的生命
幸亏我打捞及时，它只吃了三个百姓
鱼们依旧平稳地游动着
没有恐慌，也没有喊疼

差一点，我就能看到故乡的真容

所有的石头、植物和土壤都在分解　聚集
它们组成另一个意义上的裕里河
在我的毛孔上检索、辨认
一粒远行归来的种子

河谷里消失了千百年的灌木、野兽和麋鹿
一些冒出过良善念头的生命
都在消隐、后退
变成时间粗粝的粪便
此刻，我应该呐喊
声音却躺在河水里　沐浴
裕里河的风太久没有见过
一个满身尘土的人

多少年，我都以为故乡是母亲脱发后
头顶上斑驳的路径
是她僵死的半个身体
是我心头永不痊愈的一处病灶

此刻，夕阳落在庙堂的高处
两座山就要用影子依靠
整座春天从植物的骨头里
踏出红的、绿的马蹄
我们蚂蚁一般
从天空的腋下穿过

差那么一点
我就能看到故乡的真容

苏陌年 的诗

特别推荐·中国 2016 年网络十佳诗人

38

石 头

黑色的极简主义。幽闭
他有木纹的皮肤，仿佛已活得足够漫长
"这一，不，那一"（他开始更隐秘地创造梦境
有时拿数张兽面比较）
他的职业是热爱女性尸体。
为她们画眉，打上鲜艳的罂粟
他看过不计其数的死状（割腕、剖腹
和爱情）
他看过她们已经坚硬的胸部，
想象镂空的针织衫套上镂空的骨骼（这一定是
事物丧失的面孔之一）
她们将变成美丽的飞灰
这像初夜一样珍贵，仅此一次
他仿佛已在蒙蒙细雨的窗外
看到自己被推进火葬场
变成一颗小小的石头

母 亲

等炊烟断了，稻草被野风收割的时候
你会回来吗
如果不，那就再缓些

再缓些，直到春天把我吹出积雪的样子
直到夜空
落满你的骨灰，我的眼睛

我们会跟雨滴重新相爱，就像
和世界重归旧好

当我们不再年轻

解开草木的禁忌，撬开夜晚的锁芯
从体内取出一部分的毒液
一部分的同类

再也没有一支口红，可以拴住异性的目光
挡住苍老和贫乳
你不是年轻的妻子，搀扶你的只是一支拐杖

到那时候，没有人想起你的诗歌
连你的年轻也被遗忘
你开始失忆，像从未活过，从未，从未爱过
甚至我们脸上的皱纹那么深
也只是，虚无的假证明

我是罪无可恕的剽窃者

破体的老屋，夜晚硌手的牙床。光阴的洁白
很快坠落在我们渐渐蒙尘的面颊
我的父亲，你曾经的丈夫
已经一无所有
我是罪无可恕的剽窃者，已拥有了他的五官和
    皮肤
甚至给他一生的劳碌都具备了充足的理由
芒刺在他的肩上不停压弯腰身，多像你曾经
覆上的嘴唇
——甚至干涸的皱纹，都是相同的
这些年我一直像一只贪得无厌的书包，装下了
    所有的亲人

他们在里面相认，相爱，恶语相向
最后放任沉默吞并所有的白发和皮囊
他们老了，没有再打架，争吵，把精力
放在脱下自己一生树立起的防备
"他们已经不需要骨骼和健壮的肉体
保护自己的儿女
而爱情，他们已经不再做任何的挣扎"
他们开始允许自己矮小和脆弱，允许我的体内
摆放越来越多的荆棘和洁白的肋骨
它们在里面相互指认彼此的罪行
"亲爱的，你所称的出路
是不是巨大的链口
而你背上的十字架
并没有罗盘的效用"

幽蓝与洁白

那时候我们赤脚冰凉
可以在一张床上挤压彼此的肉体
证明夹竹桃的毒性，你说伤口幽蓝
幽蓝中陡生的暗红
老去的胡须幽蓝，在幽蓝的火中
成为孤独的根系。嘿，亲爱
淬取我自傲的灵魂
请告诉这样愚蠢的原木，火花的来历
栅栏在你的身体以外，那么
野蛮就是我们
我们要像野兽一样原始
当我们怀揣《圣经》念念有词，我们
为彼此举行天葬
彼此凝视对方的私密和丑陋
我们还可以托物言志：以洁白的牙齿
和我们不染尘垢的骨架

你选择四月，选择遗弃春天

我看到枝头有越来越多的银河衰竭

粮仓中的玉米开始在地底居住，就让我来时
属于天空，归去属于土地

魁梧的寿衣被金色的阳光雪藏，马齿苋

被年轻的风吹红双眼。四月
我看到黎明归属黎明，月光的肉体腐朽

为何地面有堕落的面孔，为何春穿越柳巷，发出
　钝痛的响声
就像你所抚摸到的存在，只剩
繁复的水面

所有的闪电，今夜请你跟我促膝长谈
谈男人
和女人，接连流产的春风。四月，请你
凭空捏造梨花的乳房，请你
告诉它成熟，告诉一颗果实安稳的内心

我爱你 (组诗)

我们流动的姿势就已经是爱情

蓝雪是一种清澈的花，天空的使命
导致它沉重。在风里不停徘徊
晃啊晃，晃啊晃，就晃疼了一滴露珠
她禁不住这样的纯净。海还是河
难以篡改滥竽充数的部分，梦呓
神志不清地击打着屋檐的水花，波纹里
安睡着原形毕露的隐喻，玉兔潮湿
扑倒一片落花时她才发出低语：我们不能相爱
你有你的清白，我有我的讳莫如深
我们流动的姿势就已经是爱情。

被梦话放逐也好

你是辽阔无边的庄稼地，我亲爱的
我和孩子，都在你身上发出喘息
磕磕碰碰的田坎遇水即化，苘麻草包裹成
初生之状。水流里渗透的根源等待一把
锄头剪断脐带，获得新生的方式与死并存
夜晚原野披好了被子，就以月光的歌喉种一场梦
喂养我的百合啊，霸占我的井口
蝗虫啃噬四季，野鸡翻动苦难，不能
作为屈膝的草，也不要作为谄媚世俗的花朵
只愿意成为一颗小小的石子，被你私有

水滴石穿。千疮百孔，不过是一种静默的
永恒得到成全。我爱你，就要挖空心思
就应让灵魂沉浮在一片光怪陆离里
被风驱赶也好，被梦话放逐也好。

我爱你

我能给你只是几行情诗，几日油盐跟食物的混淆
荤腥是你，乏味是我

早晨在镜子里可以听到你胡茬掉落的声音，下巴
　就会淡淡地痒
青春期，如水一样动荡
我的动荡，是全世界的水

都会令我想到共同的起源，想到白云分裂出的眼
　泪，想到闪电与夜空的摩擦，想到呼吸艰难
你的淡蓝色裤子
你眸子里遥远而飘忽的水花
而现在，我更像脱水的植物，像一块又老又皱的
　陈皮
像被抛弃的渐弱的雷声，发出热烈的呼喊又很快
　遁于茫茫的无垠

那些不连贯的波段，曾经震耳欲聋
至今无人明白

它们都选择摇头

左边的苹果，爱着右边的苹果
它们可以实现的浪漫
就是一起被成长的大雨淋湿
就是把青涩，都酿制出醇厚的甜

它们很轻
一只手就可以把它们捉住
它们命很短
枯叶一死它们就活不长了
它们可以一起落地，然而

它们没有那么做
风问它们，雨问它们
它们都选择摇头

你的洁白泛滥成灾

暮色晚矣，破碎的花已被寒气收割殆尽
到处茫茫然，你的洁白泛滥成灾
仿佛不染纤尘。鱼钩
在水下抖了抖，线就抖了抖，我也抖了抖
鱼儿肯定冻得厉害，我仿佛怀着善意的初衷
用尽全力，才把它钓了起来，冻疮跟它一样
开口哇哇地叫，这是你带给我的思念
它罪孽深重。提桶，水晃着，垂暮之年
脚步在积雪之上心机深沉，我走远
它就晕开泪花，磨灭。只有我的满头白发
看到了它的消失，天空布满了阴影
杀鱼，卸鳞。我就走入了你的幻象之中
白刀子，白房子，白夜晚

活　着

在家乡，金黄色的野菊花，叫糠垛
我吃着它的颜色，尽量向阳，人间的太阳
并不打算收留野性
收留一枝寂寞，波浪状的牙齿咬破风声
所以我，像成千上万的野菊花那样
把自己埋进泥土，风一走远
就像米糠一样地破碎
我活着，练习远行，练习脱离坚硬的外壳
练习成为埋没洁白的白，把旧迹
挂满山头。尘封的，死前
会把我灌醉
我活着，把自己晒干，拿身体烧开
眼泪，离别，爱情和信仰
把自己泡成苦茶
一边死亡，一边清醒
我活着，正在磨灭生死

刘不住 的诗

失眠者

1

他翻身醒来，身下剥落一层鳞片
他并未察觉

人世漫长——

一日三餐，尚不够喂食这尾
光阴的游鱼

2

他披衣去往月下，捕捞光辉
被翻动的露珠
擦伤

就着夜风，那些暗处的哗哗林木
正替他甩掉
对生活要求过分的那部分

太行诗章

1

在时间深处
我们找到了它

像一位老人，怀抱樱花
被风纠缠

三两村人
是它宽恕过的子民

我们也一样
坐在树下，脸上开着皱纹

2

一滴露珠翻了个身

清晨就醒了
光贴在身上，众人驮着各自的暗影
去往山顶

几粒鸟鸣从树上溅下来
人群就起了涟漪
僻静处的尘埃也浮动起来
在空中碰个面，随即找到了各自的肉身

3

我们赶来以前，蒲公英
已被风掳去

干枯的身躯
插满山坡

露珠，暗地里爬上来
压住头顶

这光阴的眼睛，还在窥视
劫后的战场

4

在山巅，卸下疲惫

春末的草木，比我们
更耐久

几个人被山风灌醉，摘星星，说胡话
暗夜里，大山敛起枝蔓
像隐藏了语言

给三十五岁

像上一个坡地
像乘雪花、架云梯
撞见同样的人：布道者、云游僧、酒鬼、说梦人
必将称兄道弟
陷入沙龙、作揖、盲听和沙沙的交谈
必将研究炼火、掌舵和攻击法，
朝夕沉溺于一场
关于阴影和理想的复述，之后
风餐露宿、走异乡、爱或被爱
偶尔，也像一位老人
在黄昏渴望雨水
在黎明打扫庭院

唔——这人类的黄金时刻
也必将在一个孤寂之夜
遇见自个儿的下坡人，蒙面、隐身
且保有秘密，一划而过

一个人裹紧身上的枝蔓

一个人裹紧身上的枝蔓，还是冷
他拾掇一部分旷野
燃了一堆火

一个人喝了一口孤独，醉得不行
使劲掏出兜兜里的风声
扔在火里，听它叫

一堆火在旷野里没啥顾忌，劈啪作响
唱的是：一把老骨头、坏掉的胃、黑了的肺和
一个人的旧事

他受不了了，要走

火堆憋红了脸，拼命延长自身的燃烧
据说，火，也怕孤独

旅 途

曙色中离开昏暗的小旅馆
我又遇见那些小河、土山、茅草屋
这大地的子民们
被昨夜的烟火照耀过
又在清晨硕大的露珠里，做着梦
低处的五叶草、狗尾花、喇叭花
被聒噪的虫鸣
一次次喊醒，又睡去
这角落里的欢欣、尘世的热爱者
让一个早起的劈柴人泪流满面
我在沟子里遇见了他
和他聊聊地理、雨水
聊聊捕鱼人和远方的船讯
内心的官殿再一次开满
懒洋洋的小蘑菇

六点一刻

六点一刻，来，谈谈夕阳
这老顽童
撇下人间的小悲欢，一猛子下去
再没上来

来，谈谈剩下的世界
西边的墓园
杂草挺拔，两个青年跪下去，猛地陷入
整个人类的孤独

就谈谈孤独
远方那些桃李争艳的村野、河坡、渡口
都是你的，除了
你所经过的

六点一刻，来，谈谈你的这只旧钟
它一身浓重的光阴，正以锈迹的方式
不断昭示着：
屈，服。

再次坐进月光里

再次坐进月光里，坐进袒胸露乳的大地
是多年以后

且数星星、念小令
尽力爱上眼前的事物：柔软的水仙，散落的桑麻
和三五小兽的远鸣
风赶着赶马人，带来疲惫
且锁住身体
让记忆的旧车轮在院落深处安歇

早些年，一再被相似的月光洗染，
在相似的夜路吟唱
在相似的旅馆看地图
任一副肉身开满斑驳的小白花
在四季
经历相似的生与灭

再泡一泡月光的温泉
腋下、兜兜、鞋子里的虫鸣静下来
且听巷子深处
铁匠和木匠
还在锻打银子一般的光阴

父　亲

父亲把抓钩挂在墙上
他累了，他老旧的烟袋里吞吐出绵延的苍茫
仿佛田野上空的烟云
浮动在我的身体里

另一只手更老、更旧
它抚摸过宽大的玉米叶、各种木制的器具和稻草
　人
它在暮晚袒露开来
散落一地禾香

父亲不愿加入我们的闲谈
他摆弄着院子里的铁兰花、茴香、小番茄
多少个早起或晚归，就像它们的父亲

浇水、翻土、施肥

村庄进入潭水一样的睡眠
明灭的萤火里，我又望见沉默的父亲
正在院子里一遍遍地擦拭
骨骼上的霜雪

他的身体开满了枝条和小花

天色晦暗，他还不想说话，他看见光阴在房间里
　　缓缓流淌
其实，那个曾穿行在风雪深处的追踪者
那个酗酒、守坟、捕鹿、祭祀的蒙面人
转眼间已步上中年茫茫的山坡

他遇见过大片的阴影和谎言
他撕开过一千张不同的面孔，打碎了八十八面镜
　　子
他曾怀揣一把刀子，试图剁碎暗夜里小镇的悲鸣
他领略过一位少年的急促和一位老人内心的海
闪电下的旷野，他燃起一场漫天大火
和天鹅、松鼠、癞子一起歌唱周而复始的四季

现在午餐简单、气息均匀
他的身体开满了枝条和婆娑小花
整个冬天他都陷进一把旧年的藤椅里，掐手指、
　　叠飞机、忆江南
和绵绵的光阴相互交换着疼惜

故　乡

写诗的人每日蹲在江边
蹲在夕阳里，一粒沙的中心
他玩沙堆、扎五色气球、看远处的雾气
然后回忆、念旧小

那些早年的梦呓、雨夜起航的木篷船
像江面上的叶子，随处飘

他倚住一根草
写呀写，写一些不存在的地方
偏偏不写那个地方

漆宇勤 的诗

黄河边

不同服饰的人们
在黄河边上耕作、交换、繁衍
他们轻声交谈
在同一条河流的养育下友善相待
事实上被北风吹乱的音符
你已听不出任何内容
黄河边上的人们无须言语

在傍晚想到一个词语的出处
便立刻翻身上马
你从石头的城堡里出来
再次进入石头的空洞
将荒凉的戈壁抛弃在身后

你想找的是天地玄黄的"黄"
丝绸之路上驼铃停歇后
长久陷入与热闹反义的清荒
陷入耀眼阳光下莫名的茫然
很显然，在这里，离太阳都更近一点
因为西北的大地
比别的地方都要更厚一些

暖　色

将与黄河有关的黄定义为暖色
将与黄土有关的黄定义为暖色
在这暖色调的天空里
你贫瘠的家园
尽最大努力生长出土豆和麦子
养活这片土地上生存的每一个人

大漠里长成的语言
拥有恰到好处的音调：
它们的苍黄与豪迈也是暖色的
这种有着石头质地的话语
并不接近一个旅行者的日常生活
但山坡上漫步的牛羊听得懂
沿途路遇的两个孤独者听得懂
西北土地上珍贵的一棵植物听得懂
……这就足够了
这暖色调的天地和言语
让山水人心都感觉辽阔的酣畅

养一头豹子在心房

养一头豹子在心房
为我攻城掠地烈如疾火
给黑夜一道出人意料的闪电
我养它以心头之血，以《汉书》、《博物志》、
　　《本草纲目》
让一只玄豹在古老的名词和诗文里
重新被命名为：程，程宁

喂养豹子的人向一匹豹子学会节制
学会饥豹食有余，将剩余之物留待下次
学会敏捷，攀援和隐蔽
随遇而安，适应森林草地高山荒漠……
学会豹死首山人不忘本；狼贪豹廉，豹死守
　　窟……
而豹子从晋文公那里懂得抗拒皮毛之美带来灾祸

养一头豹子在心房
大多数的时候我只在心房喂养它
并以一头豹子闪电般的神秘滋养心身
但少部分时候我愿意将它放出来
向着黑暗中的身影

匍匐，潜行，隐蔽，跳跃，狠狠地撕咬

相　信

依芸始终相信
只要她不允许并记得天天提醒和撒娇
我就肯定不敢老得那么快
而我始终相信
只要我一直爱着一个人永不终止
她就肯定将永远被我拥在怀中
这样的相信郑重无比
仿佛已经有了契约的神秘
两个人的心思盛开就是整个世界盛开
两个人相信就是整个世界相信

为此我们曾彼此撒娇，相互温暖
隔两天不见必须表达思念
再向前进，拥抱都必须是有重量的
再多的天真都比不过这种真实感
最美好的言语
总是在最不懂得修饰的孩童口中

唐　突

如此唐突地爱上一个人
从此像一块水里的石头无家可归了
整夜整夜被黑暗追赶着
不得不将小块的爱和大块的痛
反复重新码放
草莓和桑葚不够甘甜
它们不是我一生想投奔的温暖
因为并不是你亲手采摘送我嘴里

相思千万不要反复加倍

如何像酒一样饮下一个女人疯狂的爱和决绝
如何回避欲望的沟壑与峡谷
一路向前，向巅峰的花朵行去
六月里我还是想用体温为你取暖
想你的柔软淹没我于深夜
这样的想法能不能归于贪婪之外

这整个春天，情欲茂盛之季
我始终提心吊胆不将她名字念起
提前转弯，不到多年前到过之处
这么多年过去
天各一方有天各一方的好处
但谁能告诉我如何避免一树樱花开成两树

药香在泥土里最生动

将埋在泥土里的身体取出来
阴干，谢绝阳光直白的热情
有人想窥视我的秘密，可我偏不肯
萎缩，干瘪，剩下药香包裹着心事
不借助五年的功力你看不懂我

只有在泥土里药香才最生动
在药典或中药铺的方格里并不
春天里采挖，夏天里采挖，秋天里采挖
冬天里蓄积力气，仿佛芬芳也可积攒
用一整个冬天的储存丰饶浓郁的药香

行到陡峭处
攀援已必须用尽整个身体的力气
田里种植药材或山上采挖药材都不容易
褐色汁液里最珍贵的苦涩
是汗水从泥土里提炼出最生动的记忆

一块石头里打凿安居的楼阁

才走了几步就弯下腰
将鞋子里细碎的沙子倒出来
少年人，容不得丁点硌脚之物
一路上反复这样
将异己的风景和人事归入岔路
薄如蝉翼的晨曦里
你在一块石头里打凿安居的楼阁
一只雪白的猫在不远处躺下撒娇
被裹挟着前行最安稳
典籍里蚁穴中的城市比不上它

一个长期扮演丑角者
肥胖、秃头、痴傻

反复将自己的丑放大
他能否在清点钞票和笑声的过程中
感到满足，感到安稳之心

多种选择的可能性让人茫然
道家的梦想改变不了日常生活的梦想
得过且过忍让的哲学挤不走年轻的性格
反过来其实也这样
总有一个人跌跌撞撞里才找得到方向

无力感

这世上最疲软的感觉是无可奈何
无可奈何地面对十面埋伏的围剿
面对钝刀子一点点切开命运
只能睚眦欲裂地撕咬空气

面对老去，死亡，割舍……
半夜里醒来哭得无可奈何
面对庞然大物，山岳……
作为有思想的一粒微尘
多么心灰的无力感
或让人心酸的荒凉
这生活里无处不在的无力感
让黑板般的内心被指甲划得吱呀作响

消　耗

我不要太多，只要活一百岁就够
做好计划，按部就班，好好活着
但一百岁的人生经得起几次整年整年的消耗

我不要太多，只要活够一百年就好
三十年用于报恩，三十年寻仇

十五年用于恋爱，十五年写字
剩下五年去荒废，五年看星空

但养活自己就用去了我一半的生命
在一长溜文件里有我一小格
八点上班六点下班，面朝电脑
这又一次消耗了我另一半的时间

我不要太多，只要活一百岁就够
做好计划，按部就班，好好活着
但分配来分配去总找不到足够时间用于呼吸

每个人都会被如此对待

有些器物先是渐渐松弛或开裂
终有一天彻底无用而被人抛弃
没有谁会记得提醒：
松弛缘于早先过度紧绷过度劳累
它透支了今后十年或后半生的力气
——但没有谁会记得这一点

有一天每个人都将被如此对待
除了那些一开始就游离于劳作之外
那些善于养护自己的人
他们一直松弛着，没有反差
才会更迟于被人厌弃
——不创造价值者活得更滋润且长久

我相信有某个地方是我应该在的地方
火焰将要熄灭前谁来为它添一把细柴
已走过太长的路，呕心沥血耗尽全力
添一路的风景，但同行者远比你轻松
游刃有余于俗世里的金钱、人际能力
——以及用关系取悦于人的游戏

微信平台精选
WECHAT PLATFORM SELECT

诗同仁

〔微信号：zkshige〕

在沪蓉高速公路 〔外一首〕

毛 子

一辆长途大巴上，我把自己
塞进耳机里
一个沙哑的女声，在读
一首外国诗
诗中回忆少年时，他离开出生的小城
搭上一艘蒸汽轮船
去了远方。但多年后
他开始怀念码头上
挥手的人

当你从太空中朝下打量
你能看见，公路上
快速移动的我
但你看不到那段朗读，那首诗歌
它们也在移动，也随大巴拐过弯道
进入又穿过
一个又一个隧洞

真的很奇妙。狭小的车厢里
循环着一个更大的空间，更大的存在
就像中途下车的人
带走了另一种生活
就像物理学家所说：在宇宙之外
还有平行的宇宙

母 亲

我忘了它们也是母亲
——分娩的驴、孵蛋的海龟、护食的母鸡、哺
　　乳的鲸
装着小家伙的袋鼠、发情的牝马、舔舐幼崽的
　　母狮……
这些蹼趾的、鳞鳍的、盔甲的、皮毛的
翅羽的、蹄角的母亲
它们遍布在水底、空中、洞穴、丛林

它们没有闺前名，也无夫后姓
在一个泛自然的世界
我们笼统地称它们为马、为驴、为鸟、为鱼
　　……

但它们不需要这些
它们只用气味和肢体
表达古老的哺育

它们也是如此捕获着
一颗人类之心
并接受着野生世界的
再教育……

节 日 〔外一首〕

衣米一

我们吃着美食

笑，相互碰杯，祝福
鸡在锅里煮
鱼被放在盘子中央
好日子
都是这样度过的。

到场的是我在世的亲人
缺席的是我远方的亲人
和离世的亲人
别试图让一个地方取代另一个地方
让一个人取代另一个人
别说出
桌子，椅子
此刻的光阴
你们要永生。

草原上

草原上，一只母豹
扑向野牛群，咬住其中的一只小野牛
牛妈妈冲上来，掀翻母豹。

三只小豹子，在远处玩耍
美丽的草原上，它们的妈妈，更消瘦了。

它们的妈妈，带着失败
回到它们中间时，残阳如血。

暮 色　　　　〔外一首〕
张二棍

远方。每一座山峰，又洇出了血
云朵比纱布更加崩溃。暮色正在埋人
和当年一样慌乱，我还是不能熟练听完
《安魂曲》。我还是那个捉笔
如捉刀的诗人，用歧义
混淆着短歌与长哭。一天天
在对暮色的恐惧中
我还是不能和自己一致。总是
一边望着星辰祈祷
一边望着落日哭泣

黄昏近

一下午坐在山顶
潜入几页史书，做了乱世的
糊涂宰相。掩卷后
黄昏已欺身。史书中
也曾无数次提到，这样的黄昏

有人饮酒杀人
有人喊，刀下留人
有人班师回朝
有人马革裹尸
有人孤独地吟哦，拍遍了栏杆
却无人酬唱。一个人清晨种下的
柏树，在黄昏，就有人借一枝自缢
白绫飘飘啊，乌鸦翻飞

我从史书撕下，荒唐的一页
扔给风。就有千万个黄昏
呼啸着坠崖。我把史书
压在一块山石之下，独自离开
就有无数帝王，目送一个草民
趁黄昏近，揭竿，夺江山

闪　电　　　　〔外一首〕
张小美

需要更高的分贝压制
体内的噪音。
越狱的九月到了尽头
那些热，
犹在灰烬中
微微颤抖。

给你一个蛇形的图腾
给你苹果，罂粟，雨水以及
永恒的臣服。
给你一道界限
区分阴影与光明。

人世浑浊
难有一个恰当的时候
听到雷声
想起坟墓

山 顶

一个人心底要容下多少丘壑
才能最终到达山顶
其实没有山顶
没有山路，野花，流水与丘壑
白云流动
水中写下的字
被反复取消。

我仍能看见挚爱的一切
在风中不停改变形状
叶片飞舞。其中就有我——
在梦中作另一种飞翔。
我不能放弃的事物还有很多
比如山顶
比如究竟有没有山顶。

安 静 〔外一首〕
仲诗文

没经过槐树之前
他是一个干净的孩子
经过之时
他是一个若有所思的青年
窗子是木质的，彩色玻璃反射着太阳光
经过之后
他已是呆滞的中年
步子迟疑缓慢
到达田野
他就老了
连笑容都熟透了
一路上
槐树有时开花
有时正在落叶
阳光有时强，有时暗

有时没有

一片好草

好草
长得慢
好草
不拒绝鸟儿
好草
开一片一片的小花
好草
是暖融融的
好草
不会扎李小花的屁股
我想了想
只有大林村的草
是好草
我和李小花在上面抚摸、亲嘴
看她的脚丫子
好草
不需要说话
大家都
各活各的

购衣记 〔外一首〕
张建新

在春光里走动，怎么都该
换件新衣裳吧，于是你拉着我
去服装店，琳琅光鲜的衣裳
比聚光灯更晃眼，我需要想象
牛仔的我，休闲的我，正襟
危坐的我，我试着靠近这些形象，
从镜子里看，我穿上新外套，
裤子立马就旧了，换上新裤子，
鞋子又旧了，穿上新鞋，
头发又显得凌乱不堪，仿佛
事物不是慢慢旧的，而是
在新事物前瞬间陈旧，
原来，从头到脚我一直都是
一身旧装，毫无新意，

呀，这让我顿时羞于与柳枝
交谈，也不敢确定还有没有
勇气敞开胸怀，尽管我知道，
这样的日子，怀里应有
春风拂微尘，鸟鸣唤李花，
一泓碧水考验你的褶皱心。

冬日晨雾

我们通常说：雾散了。
可雾都去哪儿了，我们不去追究

早晨七点左右，雾突然升起来
才被我们看见，也看见自己如深渊羊群

西外环，车辆行得缓慢，我感到
头发与睫毛慢慢变得湿漉漉的，
但终可在经验里到达医院

我掏出手机，拍下朝雾后面的云层
和隐约的太阳，拍下身边的树
池塘和朝向雾中延伸的花格子方砖小路

雾来去无由，我期待的意外并不会出现，
在可怕的"一直在"里，我们活了这么久

十四岁的弃儿
聂 权

主持人问他：
"你有爸爸吗？"
"没见过，不知道"
"你见过妈妈吗？"
"没有"

"你的梦想是什么？"
"想有一个正常的家庭。"

"现在还有坚持找你父母的想法没？"
"没有，以后

有本事再去自己找他们"

"如果找到
你会对你的爸爸和妈妈怎么说？"
"我就是
想问问，他们为什么把我丢下
不管我"

被领养到业余棒球队，他逃跑了半年
"半年多你做什么了，孩子？"
"在北京流浪"
"你吃什么？"
"这个，我不想说"

"如果你爸妈忽然出现在你面前
你会怎么样？"
"不知道，他们
长什么样，叫什么
我也不知道"

"最后问你三个问题
你想爸爸还是想妈妈？"
"没有"
"你最爱的人是谁？"
"教练，帮助过我的
每一个人"
"这个世界上
你最恨的人是谁？"
"没有"

白丁香落了
[外一首]
唐小米

它们落在墓碑上，覆盖了那年的雪。不！是那
    年的雪
又撒在墓碑上

但很快，风
就把墓碑吹干净了，并顺势吹走了一个
披麻戴孝的人

夜 色

夜凉如水的年代已过去，野丁香怀念
少年的手指。
现在就算漫步深秋的夜晚，少许白光按住黑光
风扫着满街树的影子
我们正在落叶
随时提防着大时代的扫帚，把我们扫走。
不禁想起那些山，山风吹来连绵的夜色
想起那夜色，是风里慢下来的野丁香
想起夜色之前，滚滚绵羊带来的滚滚红尘
人间多么辽阔，一根牧羊鞭抽打着落日
如今不得不登上高楼才能想象这一切
夜凉，城里最高的这座楼也像牧羊鞭
周围的楼宇趴伏如羊群。使劲看
它鞭下也有连绵落日，霓虹滚滚
夜色如怪兽的眼睛

走出非洲

黍不语

一大片湖横亘眼前。我们不得不抛下车子
走向水。

湖面轻飘。小船摇晃
白日在梦幻般的闪光中重现。

儿时的房屋。伙伴。儿时的道路。路两旁低低开放的豌豆花。
不知疲倦。

我们穿行。不知疲倦。我们渐渐知道我们想要的一切
时间。爱情。露珠下的屋檐。晨曦。白色百合花下的坟墓。

像雨滴落入深潭。

而现在。"你只要让你温柔的身体
爱它所爱的"①

———————————

① 玛丽·奥利弗诗句。

是的。我要描述的仅仅是这样一场梦境：
庞杂的田间小路
四围湖水空荡
平静。

仿佛摇篮托举着从未被形容的婴儿。

光 辉 〔外一首〕
霜 白

劈柴燃烧，火焰在舞蹈
它们噼噼啪啪的声音
像热烈的话语，像我们的爱情、生活……
像持续的焦灼
绝望——
无数的木头里都藏着火焰
而它们在黑暗中
从不知道灰烬。
我也恐惧过
也曾羡慕那古老的树木，恒久的山峰。

那些柿子树

深秋之后
树上的柿子无人采摘
它们开始萎缩、落下
烂掉
接下来就是叶子
再接下来是雪
蒙过整个山谷

那么多的柿子
都是无效的
那么多的柿子树
也曾努力灿烂过火红过
那么多的树不会奔跑

伤 口
灯 灯

"让伤口愈合的惟一方法
就是不停地
向上面撒盐……"
电影里，华丽的贵妇人
对她年轻的儿子
家族惟一的继承人说。

——惊悸之余，更惊悸的
是我突然发现
这么多年
伤口在寻找
它真正的主人

我们还不配提到伤口
我们只会
一个人紧紧关闭门窗
不发声

我们偶尔抬头
看见伤口如月亮——
这么多年
月亮是同一个月亮

在天上——
散发出遥远，隔代的孤独之光。

长尾鹊
张远伦

三闲堂门外，老榕树上的长尾鹊
以为穿过曾家岩隧道，就可以飞出重庆

她们进洞露尾，出洞露头
把留在地下的时间，分成两段

请原谅我这个说谎的人。冬日里的长尾鹊

不会像我这样抄近路

她们站在树叶间等待阳光的时候是真实的
出现在我的阴翳里是虚构的

我手握茶杯混迹于世。看到她们
白雪一样的胸脯，更凸了

她们的心里从来没有外省，只有外人
我怀不忍之心，仍深深打扰到了她们

肥人间
李 敏

秋凉了，我是不是应当哭一场？
哭什么？哭我光着膀子，
哭夜风清凉，透过破损的门窗削薄我的身体？

我没有瞌睡。
我需要哭诉自己的清醒？

早晨下过一场大雨，现在又在下雨。
天空把一场场秋雨下在城外的水稻田里。
雨水和阳光，催促水稻黄熟，
又是一年的好收成。
在阔荡的乡村，已经不再有人饿着去死。

——红衫少年走在秋日田埂上，他向往洁白的
  米饭
和一碗红烧肉的油亮。
一个老女人去村里的麻将馆打麻将。
风吹稻浪，一个汉子挺着滚圆大肚子站在院门
  口望。

我们为什么不在池中放养金鱼
蒋 鸟

我们把池子洗刷干净
我们让喷泉升起来
我们还让水柱打上五颜六色的灯光

我们让冰冷的生活起了波动
我们把波动的讯息传回河流
我们把池子奉为圣池
我们在它的周边翩翩起舞
我们歌唱这源源不竭的水
在白天、在夜晚
我们保持池水清澈如一颗少女的心

在风雨交加的时分
我们搁置这一池池水
纷纷询问金鱼去了哪里

站 台　　　　　　〔外一首〕
江一苇

一想起熙熙攘攘的站台
就想哭
就想起你曾说过的话：
回去吧，等我挣了钱回来
就给你生孩子

卿卿吾念

虚构一个风清月白的夜晚
要有一扇纸糊的窗户
一扇篱笆小门
院墙外有一大片金黄的油菜花
大约月光照上窗纸的时候
篱笆墙外会传出三两声鸟叫
一位身着花衬衫的农家女
会从偏房蹑手蹑脚走出来
关键的时刻到了
我要减掉多余的杂音和风
让油菜花的摆动更像是被露珠掀动

月光书信　　　　　　〔外一首〕
呆 呆

这首诗写给路边等雨的女孩

因为她脚边的黑雨伞，她不安分的脚趾

暗中爆裂的花朵，一瓣一瓣送走的秋和别离
一只雨水的鸟

衔着窗子，衔着窗子飞过
第一扇窗子后面，坐着一个老妇
最后一扇窗子里面，睡着一个星空

无爱不欢

年老的僧侣决定把自己供养给时间
早晨。
他坐在蒲团上，落下了眼泪

桂花在风中开出香味
这是死亡之前的，一点点幻想：花朵向他展开
　了

性欲的翅膀
秋。是没有味道的

寂　静

一 江

走到阳台上

她依次褪下裙子，丝袜
内衣，短裤

洗衣机开始轰鸣
她光着身子在客厅
擦拭家具

没有开灯。
月亮慢慢爬进来
她的头发，她光滑的后背
微翘的臀。

她跪着。
一寸一寸移动。

沙发上再也没有那个
被她呼来喝去的人
烟灰缸一直空着

把衣服晾好。接下来
她要把自己冲洗干净。

一切都像新的。
房子，家具，地板，她。

今晚。
她多么需要
一个贼。

二更读诗

〔微信号：ergengdushi〕

雪 夜

朵 渔

是夜，大雪骤停。
饮酒归来，踏着
松软的野径，心静得
像头顶的月。一个青年
跟着我，也饮酒，也热血
他呼出的冷，让这个夜晚
变得异常年轻。我时常觉得
在孤独中会老得
更快些，没想到这些年
时光和酒量
被我封存得这么好，还可以
悲欢，还可以同调
还可以在迎风流泪时
结出少年的冰花。

去山顶种一棵橡树不是松树

小 引

去山顶
种一棵橡树
让落单的鸟
望着它飞
我曾经想过
在月亮好的夜晚
一个人去那里

看看山下的灯光
就可以了
我靠着橡树
什么都不说
山顶寂静无声
人间若有若无
我的橡树
在微风中颤抖
每一片叶子都不同
每一片叶子都很好

草原之夜

人 邻

夜，又美又宁静。
草原无边，星斗满天。
我身边的那个女人，又美又宁静。
我舍不得睡去，
甚至舍不得遮上薄薄的窗帘。
夜真的又美又宁静。
似乎谁醒着，草原就是谁的。
我甚至舍不得叫醒那个
静静地睡在我身边的年轻女人。

身体里的故乡

郁 颜

身体有它的过错、隐秘与局促
每一处伤疤，都是它的故乡

它们替你喊疼，替你埋葬悔恨
隐瞒你，包容你，忍耐你，又无声地陪伴你

相见欢
魔头贝贝

已经很久没有听见
清晨的鸟叫

光照到脸上
仿佛喜欢的人
来到身边

阿莫西林
张晚禾

来回想那些慢慢远离你的人吧
回想他们来势汹汹的表情
他们像黑头钻进你的毛孔
撕裂你的心事
和秘密
这多叫人痛苦，就像
你从来不会痛苦一样
就像你从来不会回想
那些远离你，又亲近你的人一样

他们从不为远离你而
亲近你，就像他们从不为消失
而出现
慢慢地，去回想他们吧

回想那些支离破碎的往事
静静地回想它们
再把它们带到生活里
找个时间，坐下来
一起，谈一谈医疗，
教育，和房价
再谈一谈性病，雾霾
和毒品，找个时间

一起吃一片阿莫西林
再去回想那些生活里慢慢远离你的人吧

母亲在我的梦里老去
陶雪亮

在我 12 岁那年，母亲拥有了超能力
容颜定格在 35 岁

为了继续做我的母亲
这些年，她耗尽了苦心

先是化身成了一个天体
上天入地，每天远远地围着我转

她的容颜，原本永远青春
可眼看我鬓角一点一点染霜，那个急啊

她一次一次
潜入我的梦中，拼命老去

于是，35 岁的母亲
比 45 岁的我，不多不少，苍老 23 岁

就到这里吧
离　离

写完一封信
总习惯写上
就写到这里吧，有时候和一个不熟的人说话
肯定不会多，三五句就想结束
就想说，就到这里吧
有时候害怕亲人们走着走着
就会轻声说
就到这里吧，我们再也不能
陪你了。就好像
我们用给别人的话
突然转身
都成了针芒
对着自己

旷馥斋

〔微信号：kfz688〕

别过头去 〔外一首〕
雪 克

别过头去。
以某种形式的屈服
表示不屈服

丹顶鹤、天鹅，还有龙虎豹
你们这些美丽的符号
力量的象征。
蝼蚁虫豸们别过头去

别过头，慢慢过滤我们的思维
对着俗世的下流与高雅
无聊与有聊
别过头去，表达就这么
轻而易举。

小朋友的游戏

她把塑料花瓣
撒满客厅，说这是花海
她把自己打扮成公主
邀请小朋友来喝
下午茶。这时，我靠着一只皮躺椅
打量眼前的一切
仿佛一位老国王打量
一个省，或一个县
打量他们的张灯结彩

和到处的忙碌
——哦，作为一个国王
我应该更早一点发现
我们这个古老的
国度，孩童的天真随处可见

一天一夜 〔外一首〕
古 草

每一个夜晚依次是
婴儿的嘴唇。黑树。停止的手。
三点钟城市的扫把。
一条向外的河流。一杯朦胧的水。
等待五点的鸟鸣炸开黑暗
在曦光中，我已忘记昨夜的梦
如同忘记日常
清晨有撑开的骨头
在崭新的体内嘎嘎作响
它拨动钟摆
让一些人迅速地奔跑
进入另一个梦境
让每一个清晨都如同新生
每一个白天都再死一遍

亡 者

要赶在寒流未来之前去世
忘记她喜欢的冬日太阳，忘记黑色钩花羊毛披
　肩
忘记藏起白皙修长的双手

儿孙们齐聚一堂，共谋一事
让悲痛者悲痛，怨恨者大方宽恕，理性者彰显
　　坚强
一个死者所能给与的最大回应，莫过于
安安静静地躺在那里
对所有真情流露以及奋力表演报于同等的沉默

时 间 〔外一首〕

阮雪芳

钟表仿佛一个漂流的车站
无人进入
无人离开
只有时针用大地的刻度在交谈
我想起深冬的傍晚
雪花白蝶似的在后院里飞降
炉火是喜悦的
我想起列车驶离夏天明亮的旷野
临窗的人，侧面掩没于阴影
我带着秋天的河流一同行进
雁群点着霜色之火
而在一个清凉的胴体下
看到万物突然惊醒的春色
一场无人享用的盛宴
仿佛孤单的房间
无人进入
无人离开
只有时针用大地的刻度在交谈

分居期的女人

冒雨访你。楼梯
一条上升的暗道
你的住处
声控灯一明一灭，夜晚
在身后跳着醉汉的步子
你打开门，长发的波浪
和影子的香气
两小时，我们静坐，喝酒
隔壁的孩子熟睡
我们打开画册看弗里达

嘶哑的色彩。这时
湿淋淋一只苍蝇撞在
窗玻璃上，你看着它
长时间沉默。大雨
仿佛一个裸体的女人
正抱紧她的灵魂
奔跑而过。肮脏的街道四处延伸
身体是孤独的教堂，你没有喝醉

寒冬里风提着刀

林旭埜

总有些事物，在黑暗中诡异崛起
有些事物，在光明中极速堕落

所有的人，都蒙着面
分不清谁是侠客，谁是盗贼

坚硬的石头在无声风化
只有软弱的野草，弯腰之后又挺立

风，提着寒光凛冽的刀
一会儿站在高处，一会儿奔向低处

它的吼叫凄厉惊悚：若无认罪之人
每天黄昏，将斩下一颗夕阳头颅

巷 口

余史炎

无数次站在那里看落日
无数次想着那里群山青翠，与麻雀分享粮食
无数次坐在那里看着寨门上的"桂云楼"
无数次想着在此可以是画中的几百年
我在一个叫巷口的地方，拥抱这个世界
——活着的流浪，让我绕过寨前的池塘
忙着脚步，让她留下来安详地守望
一切不完整的灵魂必须依托肉体辗转他乡
时间是虚拟的，那里也随着我的苍老存在
巷口是个很美的名字，命书上的重逢
你必须在泪眼烘干之后用尽瘦弱的一生等待

野诗刊

〔微信号：wildpoetry〕

向黑夜过渡

小 葱

远处的黄昏落在水中。枯瘦的杨树
和影子重叠，身体拔高一倍，
虚虚实实的叶子，勉强托起夕阳的重量。
光握住我双手，讨厌的白虱虫
正躲在温室，对花盆里的植物进行破坏，
可我不忍心杀死它们。弱者和更弱者，
也会惺惺相惜。
接下来，冬夜更长，
黑暗没有语言，
桌子上安静地躺着诗集。
时间亦弱者，无人可以打败的弱者。
我不知道忧郁从哪里来。
他来了。

我把所有橘色的事物
叫作温暖

雾小离

一只橘子是橘色的，
旁边的炉火是橘色的；
当一只橘子爱上另一只橘子，
它们在篮子里的窃窃私语是橘色的；

被子上绣着的小人儿是橘色的，
过了早上九点的睡眠也是橘色的；

婴儿的脚掌是橘色的，他的邻居，一只瞌睡的
  泰迪熊是橘色的，
同样，它打的哈欠也是橘色的；

玻璃框上凝结的小水珠是橘色的，
画上的鸟儿是橘色的，鸟的名字是橘色的，
它的叫声也是橘色的；

枕边的早餐是橘色的，爱人的早安也是橘色
  的；
一盆水是橘色的，
它冒出的热气也是橘色的。

在冬天的早晨，四周很宁很轻。
我把所有缓缓流动着的叫作幸福；
我把所有橘色的事物叫作温暖。

姐 姐

〔外一首〕
高 野

我们的皱纹越多。
语言就越少。

只有远逝的水声
在我们之间流转和拍打。

我们再也没有这样的惊喜。
一枚糖果。
一粒花生。
裹住荒芜的舌尖。

惟有眼泪在黑暗中
那么明亮。

未来
压迫未来。

我们的南山空了。
我们的羊群被吹到天上。

你在。
时间就有秩序，和苏醒的光
陆续来到清晨。

卢舍那

你的眼睛因长时间注视
而干涩。

你的脖子僵硬。
从高耸的台阶下来吧。

这样
才能听见波浪的语言。

低处的蝴蝶和乐曲
在两岸的草丛中，起舞，上升。

闪着泪光
才不至于成为一堆尘埃。

所谓爱，无非是远离〔外一首〕
路　亚

我还是喜欢
起风的夜晚。闹出很多动静，叫人魂不守舍
像在冬天赶来看我的爱人
如闪电，划过井沿的光，一口枯井便蓄满了水
像我夜夜续做的梦。梦里隔世的风，吹来你绵
　绵的气息
我悄悄倾听，怀想
爱上之前的记忆，之后的孤独

仲夏夜

仲夏夜。多么天真无耻的青年。
蝴蝶还是盲目地飞，
蛇目菊、龙胆、千日红、草石竺、睡莲，
辣椒、茄子、西红柿都怀了孕，
长鸣的虫子依然不知疲倦。
而星星在偷笑，
小区的长椅上，老人们整晚整晚地打瞌睡。
一眨眼，仿佛已是暮夏。

夜宿尧山　〔外一首〕
张永伟

零星的鸟鸣，像悼词
又像生之光亮。
你躺在黑暗里，群山围绕。
偶尔有风，吹过房顶的枯草。
时间像积雪那么安静，
仿佛再也不会融化了。
你已忘记了初时的
惶恐，如一道凝固的闪电。
你已去世多年，又恍惚从没诞生。
远方的亲人，安静地睡着，
梦见你活得正好，并频频举杯。
你忘记了呼吸，忘记了
思想。既不喜悦，也不悲伤——
像永生那样躺着。
清晨开门，山谷已是另一座山谷。

沙漠雪

秋天有着
金色的表盘。曼城的苹果树，
没有落叶。
你像微风中的细纱，
透明，饱满。浅蓝色的冬天
围绕你的山峦。
你谈起普洱，铁观音，

琴键上回旋着秋空。
葡萄藤缠绕月亮的弯角。
从小镜里出来：
你穿着星辰短裙——
大雪瞬间覆盖了沙漠

卖凉菜的女人 〔外一首〕
杨 静

卖凉菜的女人出来了。
我看见她时正好五点。盛夏，
湿漉漉的下午，街道慵懒。
她的手推车和孩子的笑脸，五彩缤纷。
你不会习惯一个年轻女人背着孩子、妆容邋遢。
也无法阻止炙热的烘烤和存在的汗水。
事实上，她比我们更热爱夏天和夏天的气味，
在夏天的盛宴里，她从不缺席。
像此刻，她放下孩子，等着芝麻开门。

呓 语

黑暗开始了。你轻轻地说。
周遭安静。脚下岩石安稳，
远处山峦固若金汤。
树梢、蝙蝠、不知名的虫儿，
开始流动。潭水的微光，
伺机而亮的星星，
一直屈服在阳光的淫威下，怒目圆睁，
一直在为自己的命运抗衡。

也许是一种想象。你说，
黑暗让它们长出闪光的箭镞。
现在好了，它们摆出各种姿势，
甚至拿起银河的飘带，
在肆意中进入状态。
多么畅快啊，站在余温尚存的岩石上，
看着鱼贯而入的表演者，
不戴面具，就能看到真实的生活。

午休，行车
一地雪

他们各自忙着自己的女人、地位
或金钱。当我被窗外钢铁的
叮咚震醒想到这些，
小悲哀穿着模糊的睡衣走来。
其实，我不也是整日为
活得强大而追随着美好？
如果能把权利、地位、金钱和
肉欲读作美好。并为此而
辗转在午睡的床榻上，
听行车无数次碾过愤怒的轨道。
我并没有指责为
那些欲望活着的人们，他们在舞台上
拼命浪迹人生。而我在
斑驳的油漆上抚摸麻雀的影子。
行车隆隆。午睡的列车也效颦它的
音符，让春天的戏剧提速。
轰隆隆。他们各自忙着，
谁也无法想象我内心的荒芜。

周末诗会

〔微信号：zmsh1506〕

傍　晚

李少君

傍晚，吃饭了
我出去喊仍在林子里散步的老父亲

夜色正一点一点地渗透
黑暗如墨汁在宣纸上蔓延
我每喊一声，夜色就被推开推远一点点
喊声一停，夜色又聚集围拢了过来

我喊父亲的声音
在林子里久久回响
又在风中如波纹般荡漾开来

父亲的答应声
使夜色似乎明亮了一下

露　珠

梦天岚

它们收集了六种声音：
骤来的风雨声，
远去的马蹄声，
房梁的断裂声，
黑暗中女人的尖叫声，
野猫模仿婴儿的哭泣声，
还有一天中最后一声鸟鸣。

它们混合了七种颜色：

大海的深蓝，
江河的惨绿，
月光的虚白，
檐顶的青黑，
院墙的暗红，
草木的枯黄，
以及人性的灰。

大地以自己的眼泪为它们命名，
假手于一万片叶子的托举，
从深夜开始，让它们醒在有雾的清晨。

它们忍住了岁月的咸涩，
终致无色无味。
它们像珠子一样滚落，
悄无声息，而又不可捡拾。
它们一次次重返眼眶，
在阳光里映现更深的阴影。

核

丫丫

确切地说，他是一块石头
包着血和肉

我不想提起他的花期
他的旧身体。被榨干的甜润爱情

"请离我远一点。我的头颅里
正下着一场暴风雨"

你如何能将我安慰？
抚平我木皮上褶皱的妊娠纹

我的脸，被对称切开
一边飘着落叶，一边胀着新芽

你住在哪一边？

我的嗓子被你的目光卡住
却心存孤胆

暴雨已过。我的头腔中鸟鸣四起
血肉模糊的记忆中间

一道虹光，将我撕裂的脸
再次缝起

绝　别

霜扣儿

自小站离别，我就更明白了雪
冬天到来后北方更沉默

还有多少隐喻可用？我已不信神灵
夕阳是个莲子
里外都不要垂柳依依

微尘何须谨慎，茴香业已数完
我以无言的二十年
看白鹭飞过忘川，红月亮很大
照你如旷野

车马萧萧，再不带来饮茶的人
偏安一隅看东风
除此再无妄语

栀　子

〔外一首〕

卜寸丹

一小捆栀子用细细的一根稻草扎着
离开茎　泥土
还有它热爱的飞虫

在瓶子　或粗瓷碗里
被浅薄的水养着
它很快地变得暗黄　暗黑
发出浓郁的腐朽的气味
一朵朵栀子很快被倾倒出去
扔弃　最终遗忘
一个春天的贞洁倏尔远逝
像什么也不曾存在　不曾发生

葵　花

光线缓慢地暗下来
没有重量
我卸去硬硬的甲壳
完全地属于这个寂静的家
生活的片断　那些蕨类般的迷惘
全部复活
包括一朵葵花
他活在附近的村庄
那么焦虑
他内心的光
像萤火与灵感　闪在所有的黑夜

乡村少年

庄凌

他长长的脖子一头乌黑的头发
白色的衬衣搭配蓝色的牛仔裤
骑着一辆刷新的自行车穿行在乡村四月的风中
多像一只活泼的小白鸽
阳光下羽毛散发着清新的味道
人群中他不时地瞟我一眼
我看起来比他还羞涩
我的内心又是如此喜悦如雨水飘过
当我十五六岁时也曾和他一样
对从城市中归乡的年轻异性怀有莫名的好感
我曾爱慕那个黑色皮夹克
也向往在城中开理发店的那个男孩
在他们的家里我第一次听到任贤齐的歌
他说，世界那么大一定要出去看一看

诗青年

〔微信号：poetry8090〕

雨水消声学

北 鱼

一滴雨无声，直到她
隐入江河

但某个夜晚，大雨捆成
一束束，清洗了广场和大街

漏入下水道前的一声：全体起立
雨滴们忽觉有力量

"以滋养的名义接管大地
这是万物的选择"

仿佛一次登基仪式，暗流之后的多余
可以织造面上的谐奏曲。只有雨声的肃静

你们，去催促草木发出感恩之音
注意，落叶的叹息切记关紧

你们，去堵住工地矮棚的鼾声
必要时，代之以漏水

你们，去把鸣虫赶进失眠
私自弹琴的没收暂住证

你们、你们、你们抓紧
狗吠打入汤里，发情的野猫就地节育

经过筛选的事物
都要伸出统一的韵脚

雨声、雨声、雨声
一切准备就绪

此时你推开窗，惊讶于雨声
浮起整座城市。而零星雨滴扑向脸

你还未从江河旧故里清醒：
为什么这些雨，要逃到雨的外面去

开往春天的地铁 〔外一首〕

卢 山

人群从潮水里探出头颅
灯光照耀每一张又咸又腥的脸。
他蜷缩在角落里，
打量那些被旧报纸
切割的脖颈。一个在沙滩上捡拾贝壳的人
无心留恋远方，
他只是从别人的吞吐声中探知春天。
有时候潮水退去，他就玩弄自己的手指头
车厢里绽放的虚无，
安静得像一种老年痴呆症。

悔过书

我不能回到十八岁
茂盛得像一株肿胀的植物
（有没有名字都无所谓）
它停歇在黄昏里的样子
让所有的昆虫都虎视眈眈

我足够勇敢，可以轻易地说出"死"这个字
一千本教科书都压不垮的脊梁

像一座铁桥。它也会轰然崩塌
如果晚风送来你的秀发

父亲过早地没收了我写情诗的勇气
他的形象是一座山卡在我们中间
在一辆绿自行车的后座上
我只能虚拟出你长发飘飘的模样

这些年，总是幻想回到十八岁
我在作文里悄悄地把你比喻成
一只色彩斑斓的虫子。在放学的路上
用一根狗尾巴草把你骗走

草 莓

一只草莓就足够照亮一生，足够
秋天的嘴唇下起一场雨
世上可爱的东西都不会说话
一尾鱼的眼睛下起了一场雪，白

来自于黑夜中欲言又止的羞涩
来自于茫茫人海中的异乡客
声音是一张白纸，经过嘴唇的修辞
也仅仅是变成女人尚未购买的短裙

像一片安定选择沉默，学会与修士打个照面
在清澈的指尖，等候美丽的果香来临
让天鹅独自迷醉。这就是一个人的酒杯
脚下的落叶告诉你什么是短暂

比如雁阵飞过此窗
而在天空与海水之间惟有一座桥
超度火舌中的黄连与我们的体温计
一只草莓把整个世界变成了一口一口的酸甜

这算不算回忆的一种

嗯。父亲。在我的诗歌里，
你并不在场。我反而喜欢和你

说话，这算不算一种回忆：
那辆剩下车头的
黄色卡车，被抛弃在公路边的
桉树底下。
在某一天清晨，
我看到了你妻子脸上
那深深的皱纹，
被光照耀着，这算不算虚无的部分？
嗯。父亲。
我听到了海的声音，
像一种指示，命令着我种下岛屿
和永远跨不过去的桥。
我多次提到一场雨，以及雨里
消失的脸。
有一张是奔跑中的我，
有一张是奔跑之后停下来的我，
而有一张停下来之后，
再也没有出现过。
嗯。父亲。
这算不算我在五岁的房间里
打碎了一只杯子？

我们将以何种面目老去

我们将以何种面目老去
白内障，肩周炎，地中海发型
棋只奔到滚滚的楚河便急忙刹住
多么危险的鱼尾纹啊

幸好当时的胸中满是竹子，再无辕马
赶紧披上一件苔衣，继续向前
向更深的秋天或者更白的冬天
散步。路从来都是愈走愈冷，且愈冷愈窄的

山间的松柏逐渐被一些老人占领
夕阳仍在死撑着，然后孤云晚出
一辆永久牌自行车停在了九九年的路口
而我还要磨破多少面镜子
晚安，株洲……

走火

〔微信号：lxs820217〕

从一个黄昏乘车到
松弛的夜晚　　　〔外一首〕
　　　　　　　　　　双　木

竖立的广告牌下，
人群低矮。

进入星期一的人们，
逐渐在路口分散
归于灯火。

红绿灯亮起，
一排排店铺向月亮打开。
许多人都已准备好，
到新夜里去疗伤、亲吻、喂饱自己
以及想想凹凸起伏的孤独感。

只为不再像
楼房的直角般失去爱，
不再没有血色地
从一个黄昏乘车到松弛的夜晚。

晚　风

时钟在丰富的景色中下沉，夜行的愁云
划过新枝，穿过果树，反复冲击晚风而
逐渐消退。
今晚的石桥，开始从轻雾中
告别生硬。桥下一排排长得茂盛的芦苇

笔直得像赶在雨中撑满的黑色雨伞那样
自由地望向天空。
而晚风吹起的远处，
泛着绿光，仿佛童年的河里再次跃起
让我们怦然心动的鱼肚白。

落在实处的雪　　　〔外一首〕
　　　　　　　　　　王小程

一定是细节出了问题，你说
冬天是潦草的。你说今日小雪
不同于往年小雪。落在河面上
的雪，不同于落在麦地里的雪
那些落在实处的雪，是有用之雪

而那些消融于空中
的雪，废话一样
死掉。它们不曾来过人间
也不曾回到
干净的自己

总有些窟窿等待我掉落下去
总有些隆起的坟丘啊……

树在投递孤独的影子

反过来，影子立地成树
有着更为清晰的真相
叶子终日摇摆，却从不轻易
坠下。有鸟孤立

枝头，又倏然飞走
相对于静，我更畏惧隐秘的
流逝：钉子嵌于体内，而锈于
表层，昨日已快速烂掉

昨日的人们不紧不慢地走在
今日的坦途中。把阴影投给
对立面、异己者。这不可解的黑
等同于骗术，等同于一棵老树
被突然间移走
秘而不宣的疼好过众人皆知的疼

我曾用十年目睹一棵小树
遮天蔽日，又用十年亲历祖父
矮小下去。连同影子、记忆
扭曲在棺板上——这树的横切面
枝叶空无，鸟雀寂灭
仿佛不曾挺立过，仿佛一旦躺下
影子早已夺身而去

68

启明星

〔外一首〕

卢 游

很久以前我看到过一次
那时候我四岁或者五岁，在一个
广场上。一颗星星悬挂在天边
那么亮，使我感到惊讶
我不知道还能不能再次看见它
尽管我已经知道
启明星，会在黎明之前出现
如同我生命中曾经出现过的人
他们现在居住在我所听过的地名
只是我始终不能确定
这漫长的一生还会不会再见面
我们有过交集。在过去了的
某段时间，某个地点，某次交谈
就像启明星那样，虽然遥远
但它照亮过我的生活
并把残余的光，延伸到了现在

春天在河边

一些河水在荡漾时搅起了波澜
一些在无尽的东逝中，渐渐平息了自身——

当我一个人在暮晚骑着单车来到这里
春风缓慢，待我有如无言却相知的故人

在漫长又曲折的河岸边，那么多
的枝条，又一次刺破水面
那么多的蓓蕾，懵懂地打开了自己

而水清如镜。有人失声，不能自已
有人突然背身离去，带着
内心深处永远无法被抚平的折痕——

身体的遗憾·其一

龙小羊

我实践着另一种生活——
扫地、割草、挖洋芋、煮饭，行使成熟农妇的
　　一切权利
需要一场雨。勤劳的夜晚提前递交了申请
长风唱和
蛙鸣宣告着炎热的开始，收成在靠近
泥泞充满着道路
在深度的清晨

牛的乳房饱满，飘来飘去，在水田里
接受蚊虫的亲昵
核桃树的果实早熟，自行剥皮，伏在中年男人
　　的脸上
鞭子挥动，呵斥——
山水转动起来

年轻的世界里充满着菜地，和咀嚼的牛唇
天空显露出无私的晨雾
在遥远的地方对体型硕大的家伙俯首称臣
如同饥饿。制造可供攀爬的脊骨
燃烧的柏枝在我手中

寻找一个比喻，用以区别梦境和城市

晨光里
五里路

鸟鸣敲窗。起身
他推开第一缕晨光，把
松木桌上的诗稿收好
午夜朗诵过。获得了种子
听众已经散去
他们的背影将会被第一缕晨光记住
短暂的寂静过后
叫卖声响起
他缓慢地走出房间

读波德莱尔
黄 浩

读你的作品，我想那是
一种夕阳的哲学
那黄金的大海闪射着片刻宁静
如我习惯的乡土音
你的公众身份是
受造物中渺小的一分子
是一台粉碎时光的机器
是去往印度的破浪风帆
是载满整整一船的洞悉
是好闻的多罗泰气味
是累斯博斯公园里松香肆意的长椅

你坐在那里静候
拄着长拐，像疾病缠身的老国王
是坚硬的学问，制服的音乐
精致的尘土，书籍的辩论赛
荷马，但丁，蛇的骨节和豹的爪子
读你的诗，那故事也
悉数发生在我身上
我怀里也包裹着一个巨大的国度
我读着，也走着，每走一步，身后就留下一个
  瓮

一条鱼将在水里度过一生
杨长江

一条鱼有可能在海里出生
也有可能在田里在河里在湖里
出生，这不影响鱼的成长
可能田里的湖里的被大水冲到河里
河里的被冲到海里
但它们一生没离开过水
水就是它们的领地
它们在水里安居乐业
吃饱了喝足了就繁殖后代
然后告诉子孙水里是它们的家
不要去岸边玩耍
但是谁又敢肯定小鱼儿不向往海一样蓝的天空
有一天一条小鱼梦见自己长出了翅膀
跃出水面飞向海蓝天空
群山在下面起伏更低处是它的家
醒来之后发觉自己已死去

2016年第一首诗 〔外一首〕
韩玉光

这首诗里依然有爱。
我知道天堂
迟早会建成。
天气还冷，记得加衣服。
我的祝福
会直接送到你的心上
世界再大，两个人
总可以平分春光
世界再小
总放得下一个梦吧。
又一年辗转远去
日子却留了下来
我们守住它们吧，这些
转瞬即逝的流星
有多少人
真的看见过？
我刚数了走过的山和水
回头就忘了。
要过多少年，一个人
才会真心懂得
山水带来的神谕？
夜深了，尘世也深
我不想去测量
未知的命运，我
只写下今年的第一首诗
在草木之间
找找我未来的读者。

梨花之诗

倾尽一生，都无法说出梨花之美
更那堪、我仅剩半生
可以悉数给你。
这天空下的事物
除了你，再无新鲜的面容。
为了一次相遇
我宁可换一颗不老之心
用忘川之水洗去百余斤风尘。
仔细想想，没有比爱更重要的事了
除了内心的花朵
其他都可以省略。
一朵梨花是轻的，仿佛风中的菩提
一朵梨花是重的，就像美与好的拥抱
足以让世界向光线中倾斜。
我说梨花，其实就是
说到了生活的背后——
那不增不减的疼痛与福祉
那蝴蝶一样
正好飞到今日之梦的他日之念。

夜读阿赫玛托娃 〔外一首〕
张 琳

一个人，在夜里
独拥一盏莲花形台灯
静读阿赫玛托娃

写于 1919 年的诗篇：
"我问过布谷鸟，
我能活多少年……"

这样的诗句，冷不丁将我置于旷野
之中，俄罗斯的风雪
裹挟着钟声，仿佛伏尔加河陪着黄河

汹涌而来……
将近百年了，她的额头
依然温热，紧贴我的心房。

她活过的日子，我未必
重活一遍，她想要的生活
我却仍需在她的诗中祈祷！

我为什么歌唱青草

理由很简单：我爱它们
在荒野上
默默度过青黄相接的一生。
不向左，不向右
它们只向上生长着，根在哪儿
它们就活在哪儿。
永远比风低一截
让风无处可藏
永远高于泥土，埋住的只是草籽
无法埋没的
是青草毫不潦草的一生
有名无姓的一生。
有一次
我在深夜写诗，突然想起
我为什么歌唱青草
为什么像青草一样
眼角挂着晶莹的露珠。
想不明白，是一种折磨
想清楚了
是另一种羞愧：活着背井离乡
死成一块墓碑
也免不了被搬来搬去……

蝴蝶辞
贾　丽

那是去年十月的事了。
一只黄色的蝴蝶（足有孩子手掌那么大的蝴蝶）
突然落在老家
漆皮剥落的房梁上，它一动不动，
仿佛一束光
专程来照亮我的忧伤。
就在三天前
一位老人离开了我们。
他在人世上
活了八十五年零两天。
我仰头望着
那只蝴蝶
足足有三分钟光景，然后
它忽闪着翅膀
飞了下来。
这只黄蝴蝶越过人群
向我飞来，它围着我的身体
仿佛光源
逡巡着它的领地，它的王土。
我得承认，我愿意做它的臣民——
仿佛我是这人间幸存的花朵。
我言辞喑哑，像一株三叶草在风中，微微颤动
仿佛一阵风
要把我轻轻地吹到蝴蝶的翅膀上……

偷得浮生半日闲
荫丽娟

哪里有半日之闲。中年的生活是：
一点点加温的水
一点点加重的包。
秋天的景致此时已行走在另一条小路上
远天越来越空洞。
我的一百个旧身影互相重叠，在十字街口
我的一百个金色念头离开了枝头，四处飘零。
浮生究竟是怎样的人生境界呵

事实是
我陷入了一盏尘世灯火的明暗中
我背负着所有情感的砝码，在岁月的河流里
左右摇摆
随波飘荡。

惊蛰之诗
李咏梅

我害怕你
将一只梨送到我的手上。
我害怕听到
任何有关"离"的消息。
惊蛰的阳光下，我把 心上的温暖默数了
一遍，两遍，三遍。
只要是爱过的，就无所谓逝去。
它们会变成梨花，杏花，浪花
它们会变成两个人头发 中的花和白。
我会在另一首诗里
写下曾经的爱情，写下春光
如何照亮一个人的背影。

山 谷
王建峰

我走进山谷，酒后
两侧的山峦依次在我身体里起伏
我看见草丛簇拥的小溪
从巨大的石头旁流过

这闪光的曲线

神秘，矜持
我看见倒伏的杨树
被风拨弄出声响的树叶
在天空飞翔的翅膀
也看见，一棵光秃的黑树桩
时间里灰烬的影子

仿佛一些事
从我身体里一点点漫溢
水声，草叶间触碰声，虫鸣的回声

一条多么丰盈的山谷，在我沮丧的午后
我从未进入，也未曾走出

在陈村
蓝 雁

正午的阳光，像汩汩的泉水，转眼就带走旧影
　　子。
我是一枚跌落在波光里的青鱼，静默欢喜。

长满矮松的群山，不断分泌绿色的乳汁，注入
　　天空、湖水和坡地，
深绿和浅绿，携手欢笑的鹅黄，送来四月的清
　　酒。
河畔，一大片油菜花田，在熏风里怀孕，
七里香孵出的香雪，让我好想成为她的叶子，
　　或者羽翼。

在陈村，我的诗，是一只飞远的白鹭扯出的细
　　线。
我是惟一不能飞翔的沉重。眼睛张望所有的翅
　　膀。

客家诗群

作品展示

一棵广玉兰步出栅栏 〔外一首〕

惭 江

密度足够大，光就转弯了
春光足够浓，我就步出栅栏
和园子里的蛐蛐声，踩着小小的
香，出发
和一棵苹果树交换香气
在紫藤树架下坐一会儿，看蜂吟滴落
走街串巷，在城市的隐秘处安放五十座花园
沿着春天长长的斜坡走
提着硕大的白花灯笼走
风吹过来。从风里拧出点水分和阳光
洒在自行车的铃声上
尾随粉蝶的舞步走，踩稳一朵小小的香
继续出发
那个走在林荫道的小姑娘似乎发现了我
低嗅着。她只看到迎风摇曳的姿势
并不想知道
我从哪个栅栏翻越出来

下雨了

下雨了，落在
薄薄的皮肤上
池塘的皮肤比我更薄
我的疼痛还开不出涟漪
其实，活得像一瓣橘瓤也好
雨落皮肤，不觉晓

兄弟并列春眠
如果夜雨落春韭呢
那要燕子斜飞，云径黑
我会披一件蓑衣
我顺便会疼痛
江南的雨

杂 诗 〔外一首〕

胡翠南

如果你抬头看一枚月亮
你想要她
她就是你的月亮
面对大海也是这样
你只需要坐在礁石上
大海就是你心藏的大海
如果此刻你和悲伤坐在一起
那悲伤就是你
欢乐也是
你的孤单不会是我的孤单
爱不等同于我的爱
我要区别于你们
将身体涂成了枯叶的颜色
我心藏大恶
无法和你们站在一起

杂 诗

每个人都感觉到忧伤
这是真的

在人群中忧伤
独处时忧伤
一笑而过时忧伤
泪往回流的时候忧伤
我今天到城里最好的商场购物
满载而归后觉得忧伤
一株细叶榕枯死了令我忧伤
我在床头看完一本书
梦中感到忧伤
我的家人关闭电视
黑漆漆的星球一下一下跳跃着
那样忧伤

约 会　〔外一首〕
游子衿

穿上白球鞋，用力扣上牛仔裤的
铜质纽扣。对镜端详
大拇指在吉他弦上
欢快地划过……

已经约好了，今晚七点见
地点：梅江河堤。那时太阳已经下山
青草温暖，水波荡漾

为了赴约，我提前做完了当天的
数学作业，推掉了一场
血腥的群架。一年后
参加工作，开始辛苦谋生

又一年后，一场政治风波
席卷了这个城市。我从游行队伍里
悄悄退出。某一年我结婚了
有了一个女儿
现在已经十七岁

身边的人都已走散
风雨从未停歇。门前的树
早已参天，街上的树
繁花似锦。窗外高楼林立
我拒绝下海经商

沿着日渐幽暗的
时光隧道，我来到了约会地点
等你。三十年过去了
我只想问一句：你
是谁

以一无所获的
无神论者的口气
凝视着你依然清澈的
眼睛

禁不住潸然泪下

我禁不住潸然泪下
为了一些突然到来的悲伤
这些悲伤无法察觉
与落叶无关，与咆哮的大海
无关，与父亲的去世无关

每当我向前踏出一步
就会与它相遇。我惊扰了谁
让深秋的湖面碎裂；我践踏了谁
让天空如此疼痛

看见惊飞的小鸟
看见黑白的故乡
看见迁徙，看见明天
禁不住潸然泪下……

深山，寄她　〔外一首〕
吴乙一

在丛林，草木回到名字本身
裸露的枝丫结满了白霜
这已经足够，他们不再孤单
深山不是光阴栖息之所
但我驯服了一瓣落花、一簇新叶
我手握闪电，储备柴火
在溪流旁边诵读古老的格言
如果你在来的路上
遇见饮水的小兽

请记往他说的每一句话
请借给他回家的盘缠

山 中

山高林密，它显然比我们的记忆
更深邃。疯草缠人
本地长者喜欢介绍树木的果实
但均不知道它们的种属
草木天生一个好名字
如刚采的"酸桐子"，学名木竹子
藤黄科，藤黄属，多年生乔木
树皮果实入药，利耳目、消炎止痛
此为我的学业，但不敢多言
而朋友说：在我们家，不知名姓者
皆为杂木
我们此去山顶拜"公王"
眼前群山莽莽，逶迤辽阔
我不能说谎
我一定守住内心的秘密

清 明

昌 政

雨脚踩过的地方都是泪脸。
这个节日用来哭泣。
我们把一辈子竖起来看见的是墓碑。
纸钱除外。
凡能烧的都是灰。
骨灰是熄了火的风尘。飘散。
而从 ATM 机吐出的钞票是用过的日历。
我们终将过期。
作废。终将把花开在园子之外。
挖土机跌入自掘的坑。
自己走竟也连累了拐杖。
敲木鱼是怕一池春水睡着了。
但不敲饭碗。
也不摇晃。
我们无法阻止日落。
熄灭一盏灯未必就能进入一个梦境。
况且喊声挂在耳垂。

喊声是从身体的裂缝里挤出来的。
听见了吗？
不。我们在单程车上歌唱海洋。
一路收集海洋。收藏了一年的泪水就用来擦洗
　　今天。
今天是节日啊，可歌，也可泣。

举全国之力只为移栽一棵红豆树

李龙炳

到处是一闪而过的人类
他们有时被称为仁，或不仁
有一棵百年老树在风中
却不为仁所动

中国的很大一部分传统
依然停留在午门
我们的心灵一次又一次地被推出去
像西西弗的石头

有一棵百年老树的阴影
被一个又一个皇帝推出午门斩首
翻开新版的国学经典
依然记载着老树的归宿

慈悲的风，吹过了大半个中国
老树的头，雕刻成了无数小小的佛珠
想起几个诗人在山中调侃
举全国之力只为移栽一棵红豆树

2016 年，春天　〔外一首〕

林　珊

我们隔着雨水，谈论野草莓的花朵
是否会在午后盛开。阔叶榕的叶子
为何要等到春天才肯迟迟落下

那时，肩挑满箩春色的老人，刚刚从桥头经过
你寄给我的那些书，我在深夜里反复地读

道路两旁，繁花如妍。春光就要散尽了
可是小小的院门，怎么关也关不住
黑夜来临之前，那些抑制不住的伤悲

天龙山记

看门的僧人说，带小狗上山
会惊扰了庙宇里的神灵
我只好沿着溪流，慢慢走

落日把斑驳的光影
都悉数交还给了大地
风吹过枯草，吹过灌木丛
这样的黄昏，如果我的外婆还在
她会扛着锄头，匆匆从菜园里赶回来

雀鸟的巢穴空空荡荡
我带着小狗，穿过落日和松林
身后，禅音萦绕
悲伤汹涌

那些缄默的尘埃　〔外一首〕

若　溪

老木屋旁　那棵倾斜的白梅开花了
十几年的尘埃，连同你的缄默
就藏逸于树下
白梅花年年开的白
如不能诠释的人间
在每个薄雾的清晨

春风吹一吹　白梅花就落下
那些缄默的尘埃
沾了花瓣的灵气
在阳光下　又——被黄莺啄出

枇杷树

初夏，枇杷熟了
父亲一颗一颗交在我手上

这是你最开心的季节
你说，伸向邻居的枝条
就由它们去了

天气薄凉
日子冻在风里
你用稻草把树围了起来
那年的雪很大
折断了最大的枝条

年年，看它枝丫舒展
嫩黄的花落在院子
站在房屋的三楼
伸手就可以摘到　忧伤

地　图

〔外一首〕

离　开

在路上。缓慢和急速的行走
都是归乡

失败之人、困苦之人、满脸狐疑之人
用双拳击打暮色之人
在地图一角静坐之人
看见叶落哭泣之人
你用什么安慰他们

亭榭灌满了风。更加牢牢地
站在山顶
清霜也落在每一片屋瓦上
你的鬓发早已染上了雪

你在指认树梢上的鸟窝
敲落下来的鸡爪梨
你在默念门牌号和巷道名
你在听熟悉的叫卖声

近了又远了，远了又近了
你在指认摊开的地图
都在路上。缓慢和急速的行走
都是归乡

写下蓍草

写下蓍草。它便从诗经里
一缕青烟似的溜了出来
它带你行进至春天的队伍里
"叶互生，长线状披针形"
你仿佛已看到它的模样了
高不过三尺，含刺，互开成碎小白花
你就要触摸到它了，在山坡草地，在灌木丛中
在降神术士的手里。你听到一阵阵声响
来自地窖，阁楼和墙角，来自遥远
而此刻，你走在回家的路上
更多的靡靡之音，从那座旧屋里飘了出来
渐行渐远的亡灵，这次像是要停下她的脚步

酒杯与星空

作品展示

在草地静坐　　〔外二首〕
陈人杰

整个下午　在草地静坐
风吹来吹去。在一阵风
和另一阵风的间隙里，草叶
晃来晃去

草深得可以遮住我的眼睛
抬起头，看天
我发现，天是从低低的草尖
开始蓝起来的
一直蓝到无穷远

整个下午，天上的金轮
一直在走下坡路
而我的心在草丛中
潜伏，还没有哪一阵风
能把它带走

漫天飞雪

我早就怀疑过闪光的银币
我早就怀疑过梦想的器皿
我早就怀疑过幸福的坚守，
以及星座的光辉，镰刀、麦穗的光辉

我早就怀疑过神赐的手杖
我早就知道
贫困中的人，无法扶稳自己的身躯

因为洁白是无效的
六角形的春天是无效的
到最后，你要按捺下胸中的火焰
让黑的炭
重新显露出来

亲　人

那张网，不再被提起
漏网的是：瓦片、蜂窝、树桩……
小村犹在，汁液秘密
亲人被细小的蘑菇荫蔽
而死依然巨大，人人包裹

——所有的日子都是同一个日子，一张
掠过死者的网正扑向今日
对此，伤痛像干透、捆好的柴薪
树皮缄口
新鲜的果实如同无知的心

假　象　　〔外一首〕
林一木

当我站在窗前，看着它们
我看到了巨大的约束，和赐予——
它摇晃自己，还是，
摇晃着你？
我按不住心跳，又不忍走开
每一个春天，浓荫
总是拨开枝叶，甚至倾覆

我才能摸到冰凉与炎热
直到深秋，直到
冬季，你凋零了所有的叶子
更多的时候，是假象
安静地站在那儿
它轻轻地，或剧烈地摇晃
比如现在——
绿叶塞满窗户，我几乎拥抱这狂风
之后满怀的绿
在那翻腾又最终消失的乌云里
我几乎就是一小片假象

雨火把

当我安静下来
我就会遭遇生活真正的难度
怎样才能做到准确
像雨的鼓点
敲击，恰到好处
站在窗前，看大树茂密的黑叶子
在雨中，纹丝不动
打开门，来到走廊上
我看到玉米，如此安静
它们清亮的长条叶子
正发出一束束光芒
雨正在枝条和叶子里燃烧
是雨带来的打击
使它们保持了独立，而我还是
没有勇气上前去
像它们，勇敢地走进雨中
握住一株冰凉的雨树
我没能，将一片叶子握进手中
这爱会将我毁灭，或被雷电
击中，成为一个蓝色的
雨火把
或一根金色的柱子

初 见　　　　　　　〔外一首〕
赵书萱

仿佛有云，有风，有
水波荡漾

有春天的小虫拨动耳垂
有三千里退去的麦场

时光因久未过问
来领取一个孤寒之人

当我迎风而立的时候
一滴湖水——轻轻
按住我的不安

命

这亮眼的黄色，次第暗去，
这夕阳——
在夕阳里暗去

刻着季节的颜色
像一个人的名字在心里暗去

与一朵花拼命。
田里空缺一小块
被七月的末节擦破
的创伤
用我身体的 206 块骨头、
以及眼角膜来填补

我是说，地图上一点，
越来越小的
村子和失明的老父亲

犯忌的事
陈宝全

起初，我不相信女人生个傻子
是因为内裤晾在麦草上过夜
沾了风的清液

现在，我相信了
那个对着太阳撒过尿的人
长着烂眼圈冷清了半生

天色尚明，我不相信突降大雨
是因为割草的媳妇滑倒
淌了一地的温柔

后来，我相信了
舅舅去世的前夜姐姐对着镜子梳头
黑黑的长发怎么也甩不掉猫头鹰的叫声

那个被鸟粪击中的人
在胸前划着十字，咒语被雨水淋湿

我也相信
母亲让炊烟招手喊我的名字
是怕城市的爪子勾了我的魂
…………

岁月飞跑，此间我情堪忧
择一方桃木，别在腰间

晨　景

缓缓亮起来的晓光
像是渐渐凝固的寂静
冷有点干、脆、清爽

天完全亮起来后
天空又高又蓝
雪后的山野又平整又锃亮

一只身穿蓝白衣衫的花喜鹊
像是一声轻微的咳嗽
在寂静中飘起来
又在寂静中滑落

偌大的山湾里就一户人家
就一间土坯房
就一柱晨烟蓝蓝的袅袅的升起、散开
天和地都跟着动了起来

众鸟之中

——陈小素

众鸟之中，只有你用米粒大的眼睛将我认出
众鸟之中，只有你
敢用十公分的身体走进我备好的囚笼

只有你敢把我的屋子当成后花园
在地板上散步，在花盆的盆沿上打盹儿
或干脆安睡在花丛里

众鸟之中，只有你敢绕过我的屋梁
依墙读陆游的《卜算子》
每读到"零落成泥"就张开鲜红的小嘴叫上两
声

只有你敢把我的手掌当成母腹
把呵斥当成骄纵
在我的杯子里饮水，或水浴
信奉"信任是一种美德"……

而自你死后我就决意不再认领鸟类
多少图圄隐于无形
众鸟之中，只有你敢用你的母语
触碰过我心里的栅栏

葵籽被嗑开

——髯子

葵籽被嗑开，第一版的《失乐园》
翻到了有月光插图的那一页

葵籽被嗑开，你不知道
这是一枚含着山水的喜鹊之喙，当你的舌头
是一道初波，或一道高潮
当她的核心，是一个鲜活的动词
"葵花的面容温润、姣好
如一盘回首往事的雨后斜阳"，之后
你这样说

葵籽被嗑开,你吐出了皮屑
而她的破碎声,一些藏在你的身体里
一些躲进镜子里,当你站在里面的时候
外面那个模仿你的人,反而更加易碎

像疲惫一样安静 〔外一首〕
一杯无

夜晚的灵气都被抽走了
我只剩下一双眼睛
我想到,女人,胴体,雪堆
像沙漠一样,纯白色的
起起伏伏,死气沉沉

死亡跟它们有什么联系
今日我又碰到死亡和现实
但都没有打动我
没有像——苦难——那样
打动我,苦难之长之柔之硬之
疲惫,没有什么比这个
更安静

花之毒

什么样的兴奋从枝头蹦了出来
世界献上阳光、月光、暗黑、阴霾
但粉色不足以保命
粉中的白色更不足以保期
崭新的世界需要刀片和毒药
温暖的良心,粉嫩的手掌
一件又一件风中翻飞的长裙
和飞翔的眼泪
要越来越毒

爱 上 〔外一首〕
田文海

我曾厌倦过这人间

我曾在某些晦暗的时刻
倾心于死亡
并且睁大眼睛
寻找过它的身影

但现在——人生过半
水里火里蹚过
我慢慢爱上了人间
爱上了这——

盛放着我们悲欢的孤单星球
它残缺、裂纹丛生
我却仍想一次次把它紧紧地
搂在怀中

偏 爱

毫无疑问,你已经很好了
但显然,你不知道
你究竟有多好

——花开时
满园春色
你单单喜欢玉兰
或蔷薇
你能说清
玉兰,或蔷薇的好吗

尘 埃
堆雪

我看不见它们的样子,就像很难相信
这世间,还有人收集星辉和灯光
它不是刻骨的遗忘也并非铭心的想念
它是正在老去的物件无意间剥落的灰烬

在一间废弃的房间我几乎看清
被尘埃围困的事物:
木桌和木凳,玻璃板下被水浸过的相片

装过白酒如今插着绢花的瓷瓶
被谁喝去一半茶水的玻璃杯
老式缝纫机上的旧电视显然是黑白的
时间与事件的显像管已被最后一次断电烧毁
尘埃斗乱的空气里，破窗而入的几道光线
使它们更像一组等待写生的静物

地面久无脚印。墙上的钟表已停止走动
静谧中，失血的尘埃是勾勒过往的主角
像摘去心脏的流萤，从一件件器物上挣脱
逆光飞行，又附着在另一件器物上
最后一层尘埃落下来，覆盖我
使我从此不再有，自己的光泽

春天的椅子

陈跃军

时光拧开了春天的瓶盖，鲜花
喷涌而出，杏花、桃花、梨花
迎春花、杜鹃花，家花、野花
温室里的花，有名字的花
和无名字的花，开遍了每一个角落
春天是一把多么漂亮的椅子

所有的人都喜欢这把椅子
坐上这把椅子你就拥有了春天
赞美以及无限的荣光
但是有个老人已经提前坐在了那儿
他不走，谁也无法坐上去
祈祷、诅咒、谩骂都没有用

我们排好了队等着
奇迹，是最突然的插队者
坐在椅子上的老人死了，笑着死了
有人说，赶紧把他拖走
有人说，让他再多坐一会儿
我突然才知道，椅子和春天无关

凤凰诗群

关于诅咒的诗 〔外一首〕
东 篱

我的文字
绝不会
为刽子手而写
即便是
诅咒的文字

那些靠屠杀同类
而上位的人
那些杀人如剃头
如割韭菜
有如狂欢的割草机
却死不悔罪
连以死谢罪都惧怕的人
以及那些
为上述人做假证
翻案、供奉、招魂的人

就是他们
死前也会高歌——
"此一去
尘世高山从头越
弥勒佛边惟去处
何其乐"

原谅我
不写出
这些人的名字

因为他们
几个被无辜占用的文字
也蒙羞
因为他们
我为自己生而为人
深感耻辱

一位瓦全者的母亲

"九一八"事变后
时任辽宁省政府主席的臧某
做了日军的俘虏
母亲担心儿子当汉奸
在营救绝无可能之际
毅然决定让其为国尽忠
那天,母亲梳洗打扮后
去给儿子送饭
当饭碗略有些颤抖地穿过铁栅栏时
母亲深深地望了望儿子
臧某吃罢母亲送来的饭
把碗底翻过来
不由得浑身战栗起来
"这不是送饭,是送行!"
他战栗着
低着头将险些滑落的饭碗
原封不动递给了母亲
"分明是冰凉的秤砣!"
臧某终究当了汉奸
那天,母亲把大烟膏从碗底抠出来
吞下去
然后换上一件旧而干净的素花旗袍
挽了挽发髻

在平静地躺在床上之前
轻轻合上窗帘

初 雪　　　　　〔外一首〕
张 非

当冷风找到人群
会是另外的速度　会抬出多余的草木
火苗是多余的
会吹走多余的帽子　思想是多余的
吹走多余的郊区

显然　韩城镇也是多余的
镇上的电线是多余的
电流流过身体是多余的
电费是多余的
小镇上的暧昧多在暗中

万一能出现点什么意外
让我有机缘摸摸今天的温度
今天就像一阵风
吹凉了天空

天空和道路是多余的
许多物体呈现出一副仿佛来过的样子

山中小记

我们以为
这亿万年之后的山间
一定有了最新的秘密
一定有最近的相守和低低的细语
而每一株树木
每一片叶子
对此依然守口如瓶

只有草丛里的虫鸣
打开细致的纹理
这使得石头、土壤和纠结已久的根须
有了共同的命运　有了命运里的游丝
彼此吮吸　彼此缠绕　疲惫于每一小截光阴

在明亮和暗淡之间　在野花和叶子之间
也有这样的细丝相连
仿佛我和你
一前一后　走进了山

所 见
郑茂明

榆叶梅林中
两只大鹅
用叫声拦住我
梅枝刺了我一下
紫色的紧身衣
花朵即将绽裂
玉兰树上落满了鸽子
圣洁，具有佛性
事物经不住春风的吹拂
一个中学生占据整个操场
他体内住着一个奔跑的父亲
而我，秉持着自己的步态
像老钟表，咔咔缓行
我的拐杖
正在某棵树中定型
转弯遇见穿铠甲的隐士
正要询问
它不顾一切，匆匆赶路
窜入堆满新土的洞穴
暮色四合
一切都那么值得信任
却经不住推敲

时 光
写 意

无论从哪里切入，剥取
都有美好呈现出来：
泥土上留有孩童骑竹马，劈腿，翻跟斗的痕迹
枝头有露水，蜂房和风掠过的声音
有雪夜里的一段相思，小心翼翼地

侍候着昨日黄花
老房子里，还住着健在的爷爷奶奶
想起来还算年轻的爸爸妈妈

多美好的时光啊，被它自己
揉成了灰

床　单

我敬畏所有醒着的东西。我睡着了
这么冷的天
床单睁着眼睛。
花格子的、纯白的
薄薄的。我抱着，只剩孤独
除了一层棉布，除了它把夜色变得更宽大
孤独更加孤独。我坚持化淡妆，保持一个女人
　应有的矜持
在走马观花或者洞若观火的人间
崇拜天堂和地狱
它们和我隔着一层棉布的距离
我还是深爱着一切，若有若无的尘世、忽远忽
　近的人
和夜里不睡的东西

有人用铁锤锻打春天
刘　普

叮当，叮当
有人用铁锤锻打春天
天空晴朗，白云高悬

青草把地毯，铺向对岸
叮当，叮当。一会儿响起
一会儿落下。很显然他的铁锤
带着时光的重，和英雄气短
空气中还残留些许的寒意
大地上还有未收拾的衰草
他用铁锤锻打着，节奏一阵
比一阵慢，一阵比一阵
凌乱
在他持续的锻打下，湖水恢复平静
整个春天似乎变得
纯粹了一些

这个春天有点儿冷
文泽予

再见面，仍是春天。
在广场的一隅，你瑟缩在
轮椅上。

更多的时候，我看着你，而你
却看着漫天的风筝飞舞。
目光，那么近，
又那么远。

曾无数次渴望，与你
交换彼此。关于
南方的雨，北方的尘，
关于昨天隔开的月光。

而你，却始终
保持着沉默，像极了
眼前的石像。

微信群精选

86

德州诗群

作品展示

入　睡 〔外一首〕
李 庄

妇产科护士说：你要关灯
将褓褓裹紧，模仿子宫
这样新生儿有安全感

幼儿不仅需要催眠曲
还需要轻柔的拍打
这拍打是告诉他你一直陪伴着他

成年男女需要亲吻，情话
需要拥抱，需要融为一体
这是为了证明彼此不分离

老到失去性别的人不需要任何东西
甚至不需要他的影子
他适宜睡在自己的梦里

而永眠的人却必须有一盏灯照亮
照亮家，照亮他在世上的最后一个夜晚
照亮那个影子一样为他守夜的人

声　音

在饥饿的年代
我有过亲手杀死哺乳动物的机会
但它们的眼神，叫声让我
想起自己是人，何况，它们的血

和我的血是一种颜色

"有一条尖叫的鱼吗？"
鱼贩望着水槽中活蹦乱跳的鱼
泡白的手搓着围裙上的鱼鳞
摇摇头，眼中有对我问话的不屑
鱼们有暂时自由的尾巴

我曾伐过一棵白蜡树
落叶，惊飞的鸟
与它倒下时发出的咔嚓声
表达了它的绝望，愤怒
土地颤动了一下，然后是更深的沉默

求偶的青蛙使夏日的池塘彻夜喧闹
而正午树林中的蝉鸣撕心裂肺
它们有怎样的冤屈？怎忍受得了
这样高分贝的噪音？事实上
它们竟然是一群聋子，世代相传

这些年，我默默地写着一首诗
我的诗遵守语法，从不出格，游行
一个隐忍的哑巴，细心打造
一支金色的长号
它要从心底发出怎样的声音

秋风辞 〔外一首〕
臧海英

狮子醒了
在窗下煽动翅膀。

空中，又吹落了一些
活下来的人，聚集在一起
讨论冬天的事务。

取暖吧！
砍掉面前这棵树
摘它的轰鸣。
笼里的面孔，又深刻了一些
狮吼再见！
毛发金黄，再见！

证 据

窗下送来斩首的消息。
树木折断的一刻
我惊异于身体某一处传来的战栗。
譬如腹部，那一道死结。

凶手正在改变四月。
通过大雪。
他映照，我扑向地面时的身影。

站立雪片的窗前
我抚摸这处于刀尖上的飞舞：
第一棵，身材修长
猝然死于我与同伴交谈的途中；
第二棵倒下时，我正输入：你的声音如落日
神情如墨汁；
第三棵，如出一辙
…………
期间，无端的枝条掉落
我四散的手臂，于是裹挟未曾出世的孩子。

凶手正在改变四月。
即将完成。
我经过的现场，我向天空敞开的伤口。
听，大雪已停
待最后一声断响努力而来
我慌忙转身，记录下这白色
压倒黑色的证据。

豹 子 〔外一首〕
苑希磊

月光下有闪动的花朵
轻嗅，依偎，匍匐下来

此时有人放弃万里江山的征途梦
此时羚羊在梦里啃食着大片青草

月光下的豹子
发出轻微的吼声，那细碎的花朵儿

摇一摇。
万物睡去，露珠爬了上来。

指甲花

清晨她给自己涂上了指甲花
花瓣刚刚醒来
露珠没有消失。

那些花朵是紫色的
像薰衣草在田园里开放。
那十指，现在在我背上

指甲花
就要扎进我背部的泥土
我爱她浮动的芳香
担心傍晚她就凋谢。

关机的某一天 〔外一首〕
郑 毅

手机关机的某一天
什么都可能发生
飞机失航
地震滑坡泥石流
梅雨提前到来

一个精神病患者下落不明

手机关机后
什么都在发生
舅舅的 30 万股票一夜之间全部涨停
发小的儿子如期出生
铁西水泥场附近的逃逸案三个小时内成功告破
初中同学的爹在外地酒后出车祸死亡

手机关机后
什么都没发生
爸爸从公司回来电话依然发烫
东南洼里的荒草越过了麦穗
四点的太阳开始脸红
广场上的鸽子又一次完成起飞

废墟记

钢丝网已破烂多年
深秋的落叶经不起鸟的欢鸣
杨树高大，枯枝遮不住阳光
我和半截墙的影子被海拔拉长
像时光一样安静

眼前是废墟，荒草掩埋着多年前的废弃物
那些都是人间的杂质
从前鲜活的绿色植物经不起风
经不起雨雪
经不起我这样看它
它们随时都可能以枯萎
告别这个世界

近处房屋低矮，不过三间
与大山相形见绌
房前流水轻轻
房后的我孤独成另一片废墟

与荒山媲美

死 羽 〔外一首〕

董 玮

过去的村庄，人们把粮食
晒到屋顶上去，我以为炫耀的意味
更深长一些。我也爬上屋顶
挨个掏出藏在瓦片下面暖融融的鸟窝
迎风抛撒，然后登上被炊烟熏黑的烟囱
坐等流离失所的麻雀们在慌乱的夕光里演绎
无家可归。我欢乐极了

当我再次返回屋顶
发现一只横卧在粮堆间的死麻雀时
我悲伤极了：一只几近风干的老麻雀
几乎只剩下羽毛的重量。
我悲伤极了　我害怕我是真凶，我害怕
我将来也会居无定所或老无所依

从良记

与多个男人有染并私奔过的女人
又一次回到家中。没有丝毫羞耻感的她
依然打扮得光鲜亮丽
招蜂引蝶的样子还是那么美。有时也令人作呕
她跛着脚走路的丈夫原谅了她
他说她有人老珠黄的那一天吧
她有闭眼死去的那一天吧　他有耐心，
他要死在她的后头
等埋进坟里，骨灰变凉，
她就再也不会嫌他是跛子
他再也不会嫌她脏

藏人文化网文学频道

就这样离开了 〔外一首〕
扎西才让

这座幽暗之谷仿佛是自然的舞台
慢死者，猝死者，都汇集在这里

山谷两岸，是松，是柏，是杨和白桦
是美丽的布景，把灵魂导向深谷

在煨好桑柏之后，天葬师就离开了
那尊红色背影，像一滴血，渗入地平线那头

只桑烟在谷内笔直升起
在空中倾斜，摇摆，接着就被风给吹散了

灵魂先于肉体，就这样离开了
秃鹫到来，又带走了他留在世上的尘埃

海螺山上的晚霞

尚未顿悟的僧人来到海螺山顶
当他坐下来静修并祈祷时
他的俗世里的亲人，刚刚吃过晚饭
三五成群地在小镇的广场上散步

晚霞铺在海螺山上，红彤彤一片
漫漫长夜即将到来，欢乐后的
大寂寞的征兆，越来越近，越来越明显

我们也是广场上散步的另一群
有着少年的瘦颀、浅薄和冲动
不怕苦难，也不畏惧死亡
只悲伤于女孩的虚伪，道路的缥缈

当我们回到家里
不知道有人已经为我们祈祷过了
当我们熟睡过去
不知道明天的朝阳，还是不是
刚刚把白云染红的这轮夕阳

群山合唱 〔外一首〕
王志国

空旷的山谷
牧歌在风中传唱
是谁的嘴唇唱出了祖先的歌谣
是谁的孤独，刀子一样闪亮
把群山划伤

春风爬上山岗，青草绿得迷茫
每一朵开口的格桑都在吟唱：
群山的怀里奔跑着撺青的牛羊
牛羊的肠胃里住着一座慌乱的天堂

牧歌在唱，山风在响
一座春天的山谷
荒凉的内心无处安放
听——
经幡在风中念唱
雪水在山谷里哗哗地流淌

一首轻轻唱响的牧歌
是谁的忧伤
竟然动用了群山来合唱

目　送

穿过卵石密布的河岸
大河在这里拐弯
缤纷的花瓣漂浮在水面
有雪白的，也有桃红色的
像一条河流斑斓的鳞片
更像是春天，捎给远方的一封封信

不时有风，吹拂着
水波上的花瓣

没有花香，没有鸟语
只有不规则的堤岸和水面荡漾的倒影
一路挽留

那一天
绵长的河岸
只有一个十五岁的少年
目送春天的远去

春天就要来了　〔外一首〕
唐亚琼

天空晴朗无比
一个男人从空旷的院子间走过
他卷曲的头发留了下来
他忧郁的眼神留了下来
春天就要来了
现在该怎么办
一封字迹简单的回信
将独自面对青草遍地的远方

去　年

还是和去年一样

风吹着
尼欠河面冰一块一块消融
又汇聚成冰凉的河水
山上柏树桦树忧忧郁郁
人们在房檐下默默地收拾农具
田地还是去年的那几块
在房顶的干草堆里
我醒来又睡去又醒来睡去
做的梦跟去年像又不一样

身体的宫殿
德乾恒美

荒原上，一棵分娩的树，喊疼
她祈求雨水。于是，野风剥开了铅云
猎人躺在阴影下，巨石长出牙齿咀嚼苔藓
高大的鹿，低头涉过雪原，蹿过大海的浅滩
火把照亮了墓穴，亮如白昼，血淋淋、湿漉漉
　　的手
野牛皮、山羊皮、狼皮，沿着石阶铺到山顶的
　　宫殿

说吧，记忆
曹有云

所有的雄辩都会过时
惟有事实之树常青

说吧，记忆
说到洪水滔滔，地老天荒
说尽生老病死，泪水挂腮

所有的鸟儿都会飞走
惟有天空留下

所有的人影都会散乱
惟有声音留下

光阴之下
无物幸存

说吧，记忆
记忆，说吧

那只鹰隼，还在
独自滑过暗夜
高贵的翅膀下
突然听到，喜马拉雅
雪崩的声音

一只鹰隼滑过暗夜

刚杰·索木东

我知道，已经说了
太多的话，我知道
暗夜深处，藏着
一双幽黑的眼睛

我知道，已经走了
太多的路，我知道
转过街角，依旧
找不到命定的合拍

凌晨四时，天空喑哑
所有的喧嚣，尚未开始
我的喉咙，莫名撕疼

那么多的樱花，盛开在南国
那么多的桃花，盛开在林芝
你就来看看我的北方吧！
荒芜如初的这条大河
依旧保持，永久的静默

达维寺庙

康若文琴

门洞开
除了尘封已久的光影
谁一头撞来

喇嘛坐在时光中
把时光捻成珠子
小和尚，跑进跑出
风掠起衣角

净水，供台，尘埃
起起落落

禅房的窗台
吱嘎作响的牙床
谁来过
又走了

拓荒别园

——这些喜悦的焊点！

在下雨

〔外一首〕
空格键

在下雨，在决裂。
在穿针引线缝缝补补，
在无语看波澜。
在林荫里拾起蝉蜕，这轻薄的
小棺材！在一把刀的锋刃上
闻到一丝幽香……
在低头，
在剪指甲，
在一幅画的留白处，涂上白色。
在等雨停，在等天明，在等那盆菊花
开一朵金黄的叹息。

喜悦之诗

喜悦是群山在望，大雨
下在我身后。

喜悦是你来了，
泥泞再顽皮，也没溅上
你的白围巾。

流水的声音，
快与慢。我爱那些
风中摇晃的事物。

我爱这世上的每一次相逢与告别，

白云歌

〔外一首〕
马占祥

白云在天上，它们高于山巅，像一池丢失游鱼
　　的春水
我来路艰难，去路在白云覆盖的山川——这不
　　可预测的旅途
我心有惦念的人：我已忽略了风擦拭的隐匿的
　　城池
我们尚未相见。你若在人世，我心有白云气象
　　万千
你若老去，我就写一首关于云朵的诗——让你
　　慢慢升起

清水河畔所见

我不愿意说：那几只野鸭还住在水中
不，它们住在水上，一个紧贴着
另一个。它们没有房间号和身份证
即使一个爱上另一个
也是直接的（我没有忌讳使用判断句）

在清水河畔，一半的冰闪着冷峻的光
一半的水依旧暖和
我用人类的文字写它们
水面上的波纹里有一圈一圈鄙夷的水色
和风吹的痕迹，不是象形文字

我的理论徒劳无益，是个伪命题
（我没有忌讳使用判断句）
我写字的双手没有羽毛
不是翅膀

雾中贺兰山 〔外一首〕
默 子

也可以称它为西山，也可以虚构一些玫瑰
白色的，她们在一块巨大的石头上开花
甚于一生，都是冰凉的
也可以想象一万种树木花草
就是一万个女人
但我从未解开过你黑色的扣子
这雾中的贺兰山，这大地的乳房以及其他
这黄昏里应有尽有的阴影
我爱你风情万种，豪气冲天
我爱你日出开花，日落结果
我也爱你，究其一生都无法褪去的
——香肩和玉腿

这是春天

已无足够的时间谈起过去，那些花儿在开
我坐在炉火旁，暮色渐沉
茶几上整整齐齐地摆放着二十首情诗
和一首绝望的歌

亲爱的，我饮酒，茶杯里尽是苦涩
玫瑰花在你胸前艰难地开放
这是冬天，没有比冰冻三尺更柔软的
土地，就让它们先于我占有你
先于我进入你的身体
——而后枯萎

傍 晚 〔外一首〕
嘉 俊

火车走了
你也就走了
此刻，雪
也不怀好意地下着

你走了
这座城一下子空成了酒瓶
只要有人轻声唤我
都以为是你
我的每一根肋骨都是一节枕木
你每经过一下，我就疼一次

雨 夜

雨水攘走了月亮
体内空空，像是盘子
大珠小珠也就那么任性地落着
没人会知道想一个人的时候是陡峭的
特别是站着的时候
骨头就是山崖
血管通着远处的潭子
每一次堕入深渊
都想做回一片
叶

黄 昏
铃兰花开

两岸的桃花更红了
河水默默地记忆了一天的见闻

风吹，波澜不惊。
只要摁住水面小小的律动，细碎的水花
燕子的尾巴再怎么撩拨
那些秘密都不会泄露

论白云 〔外一首〕
津 渡

年轻时赞美她
像爱着少女,狂热地爱她。
又在床单的梦境里
像是突然失去了撞针,留下
羞于表白的记忆。

正如垂柳只顾着低头
溪水中有一个她
而风筝,总是在挣扎,幻想着
从上面去看一看她。
中年后我们被一场大雨淋湿。

如今隔着门槛看她
她离我们不远,也不近
还给我指缝间的一绺白发。
我也曾越过神庙的檐角眺望她
她垂下额头,一语不发。

当缥缈的势必成为永恒
该告别的告别,要说的也不会太多。
谁想过狮子的颈上会发生雪崩
留恋她,怀想她
极度的狂欢之后,痛苦地埋葬她。

小 镇

黄昏,下着雨,又停了
轮胎轧过一群荞麦的尖叫
柏油路面上,慢慢爬出的亮点
一阵风吹过,又全部熄灭

天空,穹顶,压低了的弧线
一排小小的窗格
在化妆品店门口卖花的女人
拎着惨白的花束

沿着运河,树枝拼命地摇晃

驶入港口的货船,触到了胃壁
有人敲碗,有人走进角落
在黑暗里吃,从他们的脸开始

乌兰图娅 〔外一首〕
杨森君

有一些虚空
木栅呈白色
更多的花在背后盛开,肯定是这样的
以打碗碗花为例
说不上深邃

夏日的清晨
一位身穿暗蓝色布裙的女孩
挤下了一天中第一桶牛奶
阳光开始是红的
一直到中午
草原上才有了声音

说不上快乐
以乌兰图娅为例

镇北堡

这一刻我变得异常安静
——夕阳下古老的废墟,让我体验到了
永逝之日少有的悲壮
我同样愿意带着我的女人回到古代
各佩一柄鸳鸯剑,然后永远分开
十年,二十年,三十年……
一百年以后,我和我的女人
分别战死在异地,而两柄剑
分别存放在两个国家

青 衣

万 饿 □

1

夜已深，草台上凋落的花影
在西厢的月色中
一分为二。西湖岸边的瘦柳绕过云水
将一段颠倒众生的聚散，揉进
越来越淡的韵白

2

"梨花飘，画中娇"。慢板的声音更轻一些
而你，依旧还在中年的叶子上独坐
八百里外，那些沾满风尘的句子
落草为空。而你前世种下的莲
噙着泪水，风一吹
就瘦了

3

允许你执一笺书札
将落红吻过的香碾碎
收入锦囊。允许你
从历史的纹理中，取出冷落的铁线
用融入水的嗓音，将烽火残阳的乌江
喊醒

莲步，香肩。园子里
你是故事的主角，而我
是虬须粗狂的哥哥，能否
借一枚雨后的青果，长成你
越来越瘦的呼吸

雪夜诗

〔外一首〕□
何武东

这场大雪，使我手足无措
我小心坐在乡村低处
摇晃一下，扶正身子

大地摇晃不止
旷野持续空阔
石头静谧。墓园一带安静如洗
飞机在天空停顿
无人照应的冬夜仿佛揣测了我的一生
红油漆的柜门正在开裂
猫儿轻步跳过横梁
寂寞填满谷仓，这悲痛
够得上你走出院门
风猛地拧下路边枯葵的头颅
惊起灰尘般的麻雀
当我坐于桌前慢慢变回自己
有什么正在匆匆流逝

元月记

若说音乐，我便想起星光
星光之下正好大雪
匆忙的脚印搬走了泥土
我们休息的地方，漆黑一片
我们如同黑夜涂抹着红色雕花旧柜的脸
听嘶哑的哭泣扑打着隔壁的墙
一些身体的消失
可以由另外的身体填补
就像你站那里喊我，我喊别人
炊烟升起，劳作白骨升起
这里的空缺永远空缺
对于略表敬意的清晨，没有遗憾
那些浅薄的绿色只能被自行车影子覆盖
月亮还不能照到镜子，那繁花
适合给潦倒的草书作衬
我扶起一片倾斜的墙壁
戏子们的哭腔从中渗出变形台词
历史只是怀疑论的后花园
一部三级片，消解了所谓正史
我的雾霾正好在我的生活中形成了小片星光
映照了丹心似火
不过尔等手中快速传递的香烟
一截截跌落泥土。一声不吭的是
埋在泥土当中元月的骨笛

以上选自《新诗想》2015 年第 3 期

低语的微风　〔外二首〕
徐　红

雪落满来时的小径。
我在不眠的深夜读梅·萨藤日记：
"是寂静本身。你滑入深而又深的沉思。"
"它更像祈祷。美超出了我们的理解。"
此时，屋外的湖水蓝莹莹的。
阴凉的树枝上，一只乌鸦在鸣叫。

一切都是值得的。
闭上眼睛，满心都是欢喜。
整个冬天，
我都在孤独的炉火旁守候。
当夜降临，我如斯深爱的远方，
如此温存安静。

辜　负

我辜负了我所忽略的，所感觉的。
我辜负了辜负这个词语，
我辜负了原谅，生长，破碎和陡峭。
痴望一生，
我辜负了月光下很多旧日子。
啜饮空的，我辜负了满的。
佛说：滴水可以藏海。我辜负了海。

我沉醉，辜负了清醒。
我开口说话，辜负了沉寂，
我闭目塞听，辜负了美目和耳朵。
我平衡，辜负了倾覆。
我像蛇一样迅速逃离，辜负了在场。
我爱，辜负了恨。
我安静，辜负了摇曳。

一直都在辜负，部分辜负了全部。
我拿起，辜负了放下。

用世界上最温柔的耳朵谛听

很多事情，已经慢慢走远
很多事情，已经岩石一样裸露
有多么小，多么沸腾。很多事情
低语着，说着我们不懂的话

远远的，很多事情。在倾泻，在流淌
细碎的花飞起来的时候我在
你能感觉得到，清凉的，火热的。那时候我在

很多事情，留下了眺望
留下了酸涩的眼睛
需要耐心地等，等它们结出寂静的果子

春风沉醉的夜晚
用世界上最温柔的耳朵谛听，那落在心里面的
是最痛的

壶壶喝酒　〔外一首〕
曹　谁

我看到一种小花
双脚就无法挪动
从喇叭一样的花朵我窥视童年
这是我们童年的红酒
拔下来可以吱吱啜饮
我们叫他壶壶喝酒
我们一起在故乡的山中奔跑
寻找草丛中的壶壶喝酒
紫红色的颜色是高贵
甜滋滋的味道是优雅
这是我们过家家的饮品
这是我们走亲戚的酒水
他可以在我们练武功后助兴
他可以在我们打胜仗后庆功
壶壶喝酒，壶壶喝酒
我弯腰拔下来一支
啜啜白色的酒杯口

再也吸不出童年的味道

火车上的少女
——给火车上萍水相逢的女孩

火车上的少女看着窗外
她轻轻地靠在纱布后面
我就看着玻璃上她的倩影
她娴静的脸越过千山万水
火车上的少女静静想着心思
她是想起初恋的往事?
还是想起故乡的忧愁?
她将一捋自己的长发
轻轻闭上眼睛
我迷失在这安静的美
同样闭上眼睛
前世我们是否有未了的缘
今生能面对面坐在火车上
我期望我们一起进入梦乡
在梦中追寻我们前世来生的故事

晚间新闻 〔外一首〕
钱 磊

白发还需一夜才能剔出
这眼睛,是边境上顽固的毒瘤
脑袋的圆仿佛是溃军凹陷于嘴唇
一排齿轮轧过行省,食物链
与政客相互寒暄,给予甜蜜的问候
我们开始筹划一些非正常事件:
譬如百年不遇的风雪,潮水或泥石流
常常秉持锋刃,为你剖析祖国
丑陋的一面。呵,百无一用是书生
被诱捕之术切换至他乡

猝不及防的事不能称为苦难:
"你看兔子拔苗过冬,天鹅取卵造屋
小贩扼守关口,与对手结成同谋……"
而谈到真假相辅的事实,白发突兀于险峰
命运像是果盘,任由猎手拼凑
我们一生所熔炼的景象

娴熟皆不如播报之词:
"它锤得一身好筋骨,在风暴中
美化历史,这些讲述日复一日……"

她简史

在一些不确定的时刻,我叫她露丝
类似口吃,总是要轻咬着舌尖
才能说出这陌生的词。譬如在用旧了的
巴士里相遇,她困倦地叙述
香水和外文的体温,点燃了她
蜡染的拉丁,我便陷入想象的生活
而小酒吧里的骑行者,有雪白的呼吸
更擅长调制烟柳里的抒情
她们一对一练习,将对话的结构
复制在舞步。假如是在天桥遇见
我对每一位阅读者,都叫露丝
那关于存在的命题如梯子……
当然,一切的书写都必须将意义
推向高尚的枯井,这个时刻无限延伸
精准而坚定。当词语一天新过一天
我叫唤她薇安,如掌灯的侍女
撩开薄雾下的故乡,为街道的招牌
为水泥的母亲,为御用的马匹
找到更广阔的搭配,但在这两种
时刻的间隙里,虚设的光景
一直在沦陷,而她们从不交叉
如两只为各自命运鸣叫的鸟
我有时叫它露丝,有时叫她薇安

我看见寂寞很空 〔外一首〕
陈晓岚

在你和世界的缝隙里有一块残字碑,
姓氏无名,种族亦无从查考。
但我确信它的存在,在山岗上,在河流旁。
它是我们的母亲,隐忍克己地喂养着粮食;
抑或是我们平凡的父亲,伟岸正直,哺育了森林
或者还是一个孩子,我们的兄弟姐妹,藏在童年
的青草里。
他们注视着天空的静穆,寂寞不可言说。

曾经的笑容被人世剥离,一点一点地收敛。
苦难,别离只在一瞬间。
但重逢是如此必然,如此悲欣交集。
也许一滴别离的泪就能遮蔽所有苦难的渊薮,
而过往偶然,仿佛昨天的你,还坐在妆镜前沿:
色相姣好 姿态优雅 两眼空洞。
这种形销骨立的对峙正在穿过某条隐秘的缝隙,
沿着一块抽象的碑,用具体的残字复活:
人类。无性。两栖。生或死。

双耳罐

这正是夏日雨水清凉的时刻。
一只陶罐在苔藓的上面,在长巷的尽头,
与我的站立、迟疑和恍惚构成二元。
它用双耳倾听,倾听内心的空与满。
但一种声音和万种声音的行进与它无关。
一滴水的清凉落入它的前世,
蕨类还是绿的,尔后枯败。
一滴又一滴清凉的雨水于它构不成惊扰。
它的安放,如今是整个苔藓层的呼吸,
也是长巷遗世的孤证。
它在人群里恍惚、迟疑或站立。
我小心地捧走了它,这是一个献祭过程。
这个夏日,我用双耳来维持平衡

孤 独 〔外一首〕
周 鱼

这些日子对我来说,更重要的
是如何避免娴熟。要从黏腻中退出,
像第一次那样,为体内那个幼小的、
闪烁的东西,那个活着时血液供养的
东西,那个死了之后在骨灰中还具有
形状的东西而欢欣鼓舞。每一次都要
陌生。当我开始了晨跑生活,经过
一年来每天都会经过的花圃中的小草,
我一定是第一次看见它们。从来不曾
见过,不曾见过它们在风中被吹得
摇摇晃晃,幼小、闪烁。从不曾
像这样看得见它们的每一次摆动,

像是银色的,其实是黑色,不,
也有血红的底色,掺杂冰川上的白,
再看——再稳住灵魂的双脚——然后
——是身体的双脚,再看它当然是绿色的,
极其平凡的绿。在某种巨波中
忍受且极其快乐地摆动。

在上海

在上海时总有一个声音,玻璃片
质感,我庆幸它出现在雾霾里,
又滑过去地铁站前唱片推车播放的
小野丽莎,像割伤的喉咙掉进我心里。
在南京西路餐厅里的一份意大利面里
它消失,我进入雀跃。暂时它
在后方临座,观察我。
我庆幸那些日子我占据的只是
这座城的一小份微不足道的
荣耀,正如只是占据它的一小份伤害。
但后者显然位于一个更重要的位置。
呼吸的时候可以感受到的位置。
在呼吸里,隐藏那些玻璃片。
我庆幸在上海的那些日子我始终
是在它的外面生活,我从来不曾
成为那"内部的人",这样我可以
混迹在那些穿清凉吊带的姑娘
和戴礼帽的洋人之间,他们
看不出我满身坚硬锐利的鳞片,那么
自由,从商场的正门进入,又从偏门
出来,从偏门进入,从正门出去。
我若是一只鱼,这座城对我来说,
也是一片海。也可以救赎我。
它让我里面疼得多,消失得也多。
我更害怕的总是,那危险事物的消亡。

高　山 〔外一首〕

安　安

等不及了，就记得把月光捎上
把丢弃的大颗粒菩提重新串起
挂在院门的铜扣上
像母亲虔诚的祷告

五月忽然起雾，气温骤降
有人从故纸堆里寻获：
淡然、冷静、智慧、深沉的大爱、俏皮的儒雅、带点坏
无疑，这些元素适合这个季节

历代战争的起因和结局总有惊人的相似
爱情一样。显然
这比喻太宏大了
这热烈的凤尾，苍穹之下
生生不息花开花落

我也有乘坐时光穿梭的冲动和小天真
——快速抵达你的高山，你的流域，你的高贵和朴素

但是现在不了
这些天阳光太猛烈，雨下了一阵又一阵
这阴晴不定的天气
我的风湿和咳嗽越来越严重
我的伊犁河越来越遥远

我的高山，越来越高

格桑花开

无非就是寂寞了点
你看我再次说到寂寞
说到那年的雨季
在香格里拉遇见
唱着"姑娘我爱你的"扎西

你穿红色藏服。有王的气势
我们在某个小酒吧

喝到你的马匹嘶叫到天亮
那时，格桑花盛开得一塌糊涂

你有丰盛清澈的河流
适合水草的忧伤。一条鱼从南方抵达
在你阔大无比的疆域
有时会是一株玫瑰，偶尔在下游忽然绽放
如果你不提高警惕
就有被他人狩猎的可能

你不得不在依拉草原收集弓箭，收集铠甲
还要买通道口的收费人员
说，今日之后
狩猎者需缴纳关费若干
那时，你不知道
我胸口，疼了一下

影青之念 〔外一首〕
清水清荷

没有人知道
一个王朝的悲欢，会以一枚影青执壶的形态
陈封曾经的离合，宋朝的风
从湖田的早晨
吹到现在，吹成一个悬念

宋词中那一阕平仄的韵脚
填写着与日俱增的寂寞，我知道
你帽檐的剔花
是清晰的静，是琵琶的尾音
是发酵的粮食、发酵的岁月
是执手的日子里，长出来的眷念
是向晚的钟声中
筛出的月色
是那个东倒西歪的夜晚，埋下的伏笔
春风一过，那些沉醉的人就醒了

多少光阴，从壶里流走
釉彩的灵魂，从七百多年前的湖田
返回
如今，谁能占卜出一把壶在历史中的盛衰？
一枚影青之念，"流畅而又疑窦丛生"

再读稻田公园

初次读你
是一条流水引领的清澈。之后
抬头渡把我拦在永乐江的腹部
返回你身边时
目光，就被定格

那时，大片油菜花，开得正好
许多从蜡巢中飞出的翅膀
获得花香的指引，来赴这场盛会
或许，在花容失色之前
必须要缠住这座花海蜜宫
缠住流水声，缠住你的木栏桥

再次在你身边驻留
柴火饭店中的炊烟，带着香味，已绕公园半圈
一条清蒸永乐江鲤鱼，刚好
对着一只花猫的目光
仿佛要代替我，化解饥饿的世相
黄昏，夕阳西下还不知几时回的人
被暮色涂抹成一粒粒黑草籽
种在月光里

雨后的蝴蝶 〔外一首〕
海蓝蓝

所有火烫的东西已然撤退
雨是密谋者

蝴蝶占领着整个花园
漂亮的花裙子跳来跳去
一只向右，一只向左
在空气的颤抖声中穿梭
跳舞，振翅

透过彼此的身体
划过一道美丽的曲线
隐喻的气味使她们不迷失自己

清凉的早晨
万物都露出冷静的纹理

我的花园起风了

白露过后，我的花园起风了
很多落叶，橘黄色或更浅的黄色
两枚或者一枚，翻飞在空中
散发着浓郁的味道

园子供观赏的桃子
在阴影中腐烂消融着
核桃树的果实，已落疯抢者的囊中

秋风扫过，湖水变凉
岸边的石头更凉了
所有热的东西已然退场
缠绕在一起的是枯黄的藤蔓

风中，再也不会有那些一浪高过一浪的事
所有的落叶都将深埋在尘土里

门

〔外一首〕

张维清

父亲　领回黄昏
把月光和繁星　拒之门外
明天的事儿
在一股弥漫的浓烟里
渐渐清晰

打开黎明
把随身的忙碌　带上
他像一个涂料工
不同的季节　在地墙上
刷出不同的色彩

朱门脱落
吱呀　吱呀　在屋檐下
不知叹息了多少天
两个推推拉拉的门栓
把父亲　疲惫的鼾声　关进屋子
三两的铜锁
扣住两个环

如今　门已冷落　在大院的角落里
我摸着父亲的指纹
仿佛摸到了　一块冰冷的骨头
我摸着腐朽　垂落的粉末
仿佛摸到了父亲
刀削的老茧

一根稻草

婆婆　捡起秋天
挂在腰间
一束谷穗
被饥饿的风　吸干了血

与镰刀在土地上　作一次深层次的交谈
码起一座醒目的金山
交给一场火
交给一场雪

一根稻草　遗落田间
一颗颗旧色的谷粒
能否长出一个梦幻般的季节

稻草　不解的是
是谁用枯草　塑造一个人
手上拿着吆喝的旗子
站在风雨中　默默守望

以上选自《网络文学》2015 年第 3 期

博客精选
BLOG SELECT

闪 电 〔外一首〕

◎ 宛西衙内

毡房外面,我和巴特尔谈起长调,
夜晚忧郁,如芬芳的奶茶。
草叶的轻快是羚羊的,
青稞的浑圆是松鸡的,
那峻岭的悠远给了土狼。
他留给野马的仅仅是一条曲折的裂隙,
这裂隙,是天空的裂隙。

杜 甫

太阳的招子,还是天下最亮的招子。
致君尧舜上,
我以植物之恶,对付动物。
我矮,有愧姓氏。
女儿像饥饿一样活泼,
妻子在鄜州反对月亮。
无边落木萧萧下,不尽长江滚滚来。
当一个人在一场病中,越出边界,
多少个百年是同一个百年?
黄河平原,国家又熟了一季,
而我依然在蹂躏阳光。
有一刻,我的心像榨菜丝一样难受。

整理骨头 〔外一首〕

◎ 李满强

坟墓打开的时候,他忽然停止了哭泣
曾经壮硕高大的父亲,现在只剩下几块骨头
像叶子落尽的树,躺在阴湿的黄土里

请来的阴阳师傅,开始细心地为父亲整骨

头骨、长骨、短骨……啊!
他看到了父亲宽大的手掌骨,童年时
那曾击打过他的屁股,又摩挲他头发的手掌
现在只是一些被风吹散的断枝:
没有了温度,也失去了重量

给父亲迁完坟之后的夜里
他把自己脱了个精光,在床上
辗转反侧。左手紧紧抓住右手
用力拿捏着自己的每一块骨头——

时间已是中年,他开始提前
为自己整理骨头

死去的人如何描述他生活过的时代

转基因稻谷要高于一般稻谷
服用了激素的鱼要大于自然生长的鱼
高铁和飞机的速度要快于毛驴和马匹
你看他们的手都伸到了上帝的屁股下面
还要用核潜艇和航母
来武装越来越虚弱的真理

"大道之上,皆是歧途"
去韩国的游客,不是为了学习禅道
而是为了隆胸术和美容术
飞越太平洋的人,只想印证海水的另一边
是火焰,还是上帝的自由居所——

我如尘埃的一生,一直在练习悬浮术
与草木牲畜为邻,与风和解
我曾在互联网上,用一天过完平淡的一生
最后死于与"物"的战争。我曾用娱乐的灰烬
深深掩埋过自己

祈 祷 〔外一首〕

◎ 吴春山

多年以后,请还给他用旧的时间,还给他姓名
籍贯,身份

还给他河山，四季，鸟兽，白昼与黑夜……
但请不要还给他思想。他终日与草木为伍
所有的荣光与苦难
已转交给一群
熟识，或不熟识的人

重　生

我爱那穿墙而入，陌生的第三者
将时钟悬挂在墙壁上
白色的墙壁，仿佛白色的相框
我爱远处群山巍然屹立，近处城镇灯火渐灭
修葺坟墓的匠人
必定在寂静中，安顿车马
我爱晚风挽着残叶
窃窃低语，那迷路的砍伐人，用恐惧磨砺
生锈的斧头
哦，我爱这暗夜的小鹿，夹杂着一丝死亡的味道

正月初一：凌晨登衡山〔外一首〕
◎叶菊如

避开山脚主庙的人流，香火
一行人沿山道蜿蜒而上——

到处都是深渊
一束手电追光
小心翼翼地叙述着群山的移动

而彼时：夜空被星星包围，风很刺骨
广阔的黑暗里
林涛响，我们静——

我因此相信星星虽亮
对于身陷暗影里的人却形同虚设
这是宿命也是悲剧

但无关我
我认定那样硕大的满天星斗
曾在某年夏夜

某一座山顶把我们深深爱过
又在这个禅修之地
引领我，卸下起伏和执念——

穿过你的身体

必须缓慢，必须热烈
必须温馨
再走一步，就是天涯了——

必须成双，同时忘了人间
必须感激
那只盘旋的鸟，替我们叫出一行雁影
而满庭栀子花，开得盛大而寂静

如果留下一个人
亲爱的，这是命中注定的事

尽管这样
也必须抬起头
用爱拦截住骨子里的悲伤

我们深入骨髓和死亡——
如果抱紧后松开
那不过是生命归于沉寂时
泪水滂沱里
翅膀对翅膀的依恋——

上旗山
◎张伟锋

尘土飞扬……
从蜿蜒的机耕路
环绕着山体，爬上旗山的顶部
其他的山
从大的故事里慢慢变小
从高的神话中渐渐褪下衣裳
它们原本懂得臣服
只是人们一厢情愿地给出色彩……

海拔高的地方
很少有人的光临。我应该是首批闯入者
豪华的盛宴就此到来……
春天已经落户
山上的水冬瓜树吐出新叶
不知名的小花开在绿中，鸟声有远有近
我对着山野大呼小叫……

上旗山，阳光在勃勃生长
一条宽敞的山路，沿着山脊
指向前方。北风呼呼吹来……
我想着身外之事
念着遥远之人。而他们
完全不必如我这般
把沉重和凄凉每时每刻载入生活细则
我祈愿入心的万物向着好处长

窗 户　　　〔外一首〕
◎ 肖 寒

这是我看到的，又不仅仅是我看到的
它一直存在。它带给我景象，声音，激情以及
苦闷与欣喜

有时候，阳光照射进来，在我和房间之间扩散
这是一个冬日的午后，这是太阳落山之前
它和我最静谧的时刻

一条街，在我的窗子下延伸
孤独而又深远

一些雨

一些无关的雨和一些无关的人一样
即使走在同一条路上，也会视而不见，充耳不闻

但是现在，有一些雨，落在了我的:
头发上，手表上，衣服上，背包上，诗歌上

它们围绕着我，对我旁敲侧击

它们陷入我，就像我陷入这座城市
就像我陷入某场雨的泥泞

我也有陷入自我的时候。这比
陷入这个城市的任何部分都可怕。但这也是
我一生中最清澈见底的时候

荒野之上　　　〔外一首〕
◎ 七 叶

远离繁华的人
头戴草编的王冠
与过往的鸟兽倾心交谈
白露之后，湖泊映出云的倒影
栎树褪去青色衣衫
天堂的回音自风中传来
牧羊人眼中浮现星光

万物都将归仓
亲人，你可知道今夜，我们
就要相拥着死去; 让我最后一次
与你纵情欢爱
荒野之上，火光已熄灭
惟有神的掌心
捧着余烬和青烟

两只手

我的左手从不拥抱右手
它们每日择菜、洗碗、敲打键盘
偶尔幻想陌生的事物

而有一次，在安多达仓郎木寺
突然阴云密布，鹰隼盘旋
恢宏的庙宇下，身躯佝偻的老阿妈
一手托着背篓，一手转动经筒
我不禁掌心相对，双手合十
仿佛众神降临，万物归一

暴风雨过后，山谷寂静无声

我的左手和右手
把散落的长发，重新
扎成了马尾

谷 雨

◎淡若春天

〔 http://blog.sina.com.cn/cb200123 〕

风一吹过，松林有种密集的紧张
我们从下面路过，茨藜花一瓣一瓣漂走
你在前面等着，我并不是无心追赶
今天空气湿润，蕨类植物表现出不一样的娇羞
野樱桃的果子铺满地面，所有事物都在发酵
亲爱的，我难得这样四处张望
看一只旅鸟
正在矮枝上辨认路途和天气
它每叫一声，就离春天远一步
你没听见我的絮叨
像一阵风一样，我们不止一次这样相距遥远

有时是在旷野

◎李继宗

〔 http://blog.sina.com.cn/cycwqjh 〕

一棵树的柔美我说不出，一棵香气扑鼻的花树
当蜜蜂深陷其中
不屑于自拔：我就是那些蜜蜂

牛羊上得去的高山
我只能仰望，一群白鸟偶尔飞越的碧绿草地
空气和地平线：差不多是甜的

用晚风的未知数求解一条蜿蜒曲折的小溪
用我迎头赶上的命运
求解你：此时谁不说话，谁就是溪水里的鱼儿

埋掉的回忆

◎林忠成

〔 http://blog.sina.com.cn/linzhongcheng0001 〕

水井下埋着冤死的女人
旧桌面埋着一篇未写完的小说
村子上方有一块天空
从未飞过一只鸟
从未吹过一阵风
它比谁都荒凉
比村里 102 岁的老太太还孤独

它在等待埋掉一位老兵的感情
在波兰某小镇的战地医院
与一名护士相约终生
30 年后老兵重回小镇
在瓦砾堆里找到一架破床
和护士的白骨

老兵在小镇安度晚年
在这架破床上睡到死去

星星的光卡在树杈掉不下来

◎马路明

〔 http://blog.sina.com.cn/poetmlm 〕

院子里的老梨树那么安静
我只能认为它睡着了
树枝、叶子、梨子，都睡着了
可是生长醒着
枝条的疼痛醒着
衰老醒着。花草树木的香气
比黄昏时候更加清晰，浓郁
月光，薄薄的一层
可以丝绸一样揭起来
可以用来写一首古诗
给一位古代的女子

我知道，还有更多的星星的光
卡在树杈掉不下来
当我给我的仰望找到合适的角度
正好会有光，进入我的眼睛
它们来自老旧的星空
它们有山间泉水的清澈

在一首诗的对面

◎若荷影子

〔 http://blog.sina.com.cn/lianfing 〕

一首诗不一定是一首诗
可能是动物，静物，或超自然外的灵物
抑或别的什么
像一个巨大无底的魔袋
可以放进去什么就是什么
有时候，放进去一株白玉兰
有时候，放进去一只飞鸟一头走兽
或斯卡布罗集市
或把梵高、保罗·策兰……放进去
或什么也不放
只放一张纯白的纸
从某个角度而言
他们一旦被放进去
便没什么区别
似一个个游走的灵魂
飘浮在我的四周
并且与我赤裸的灵魂相遇相爱

大雨突至

◎夏 雨

〔 http://blog.sina.com.cn/xiayu0410 〕

突至的大雨
覆盖了这个清晨和记忆
一生不可能遇到同样的风景
更不可能遇到同一个人
人近中年

一个女人俯身抱住自己
妥协，认错
并说服自己咽下衰老之果
——这推脱不掉的应酬
拉大眼睛与书本的距离
加重了迈向台阶的腿的重量
然后是酸疼的脖颈
以及灵巧蹦跳的身躯自然生成的减速度
这一场雨
从相熟回到生疏
从温情回到冷寂
是岁月送给我的
最大抚慰
为了迎接我的到来，时光清净如新
为了来到这里，我心意轻盈
突至的大雨
一滴，便是海洋
一滴，便是整个人生

我比落叶迟些 〔外一首〕

◎蓝 雨

〔 http://blog.sina.com.cn/u/2324840623 〕

我比落叶迟些抵达
水晶般的溪水，这生命的河流
将护送着落叶抵达远方

我比落叶迟些飘落
屋瓦的青苔上，这时光的手掌
让落叶守住古老和孤独

我比落叶迟些退场
高大的樟树上，零星的红叶已将褪尽
而我，仍在尘世飘摇

水 杉

水杉叶有薄荷味
寂静的黎明，自有它明亮的一面
晨光从杉叶透下，催生一片闪亮的水晶

漫步其中，我的身上也有薄荷味
一粒一粒的水晶错落有致，包括树影
以及它自身的膨大与纵棱

南方的初冬，水杉即将脱去衣衫
它会站成一首诗，拖着长长的韵脚
等待，下一季的回味

挥别一个吃行星的渔翁

◎王西平

〔http://blog.sina.com.cn/pxw1980〕

一个人，时常练习砍杀暮光
是痛恨吗，在内心，挥别一个吃行星的渔翁
贩卖遗言的人，无愁河的浪荡汉子
在沙滩上，躺下
眼睛蓝得生疼，只因目光交缠负重

再砍杀，直至雾气散尽
一群面目模糊的人，在镜子里搬运一只笨钟
月亮，我们不可能在你那里出生
请回到碗底来，闪耀，却分不清虾姑
和火山蚰蜒

一路走来，寒气逼仄
身后拉起暖幕的人，封闭如自我
仿佛我是那个死了的人，在桃花中舒卷影像
或者，连皱纹也闪亮

愈加临近大海，空气愈加外溢
人人像保护遗产一样保护所有的尽头
岛上的人，午茶时上庙看桃花
让鞋带轻佻，让步履欢愉
哦，珍惜那松果剥出的时间繁花下的空寂

离岛就是牵绊，更多的人死于碎银
树杈交错，在不确定的时间里
熄灭，一只飞鸟高高挑衅的云团
我们通往词语的末日，如口水诗人蘸上菜叶
索然地离去

立 春

◎农 子

〔http://blog.sina.com.cn/nongzixyh〕

走出乌兰道小酒馆
午后的阳光，将我推了一个趔趄
像一场不期而遇的爱情
这温暖的天气使我感到隐约的忧伤

沿街低矮的店铺
熙攘着春联与灯笼喜气洋洋的红
檐前垂挂的冰溜
努力噙住下滑的水滴
像要忍住一句欲言又止的情话

阳光温软的小手
从楼群缝隙间伸过来
如一串噼里啪啦的耳光
打在我发烫的脸上

年关将近，满街走着快乐的人群
我披了掖怀揣的暗疾
那是一小块冰
紧攥着人间的疼痛、黑暗与寒冷

而微微南来风
已携着绿意萌动的口信
越过长江、中原、黄河
拐过前面的街口，轻轻向我的耳边吹送

检讨书

〔外一首〕

◎西 水

〔http://blog.sina.com.cn/guizouxishui〕

白天我上班，在工地上
一边让汗水给我擦背，一边熟记自己
弯腰驼背的影子

月亮高悬的时候
我已睡着，月光和我
没有半点关系
今天我不用去上班
坐在异乡的草地上，看月亮慢慢升起
笼罩大地。中秋之夜
人们在吃月饼，赏月
白晃晃的月光，单单照着我的孤独
白晃晃的月光
让我心怀愧疚
只有我辜负了它的美意

那么多人

那么多人，在窗户外边高声说话
追逐，打闹，春天多么拥挤啊
那么多年轻的面孔
挤满整个操场，像初春的绿叶与花朵
肆无忌惮，在一个空巢老人的耳边
下着一场年轻的暴雨。

风吹麦浪

◎黄小培

〔http://blog.sina.com.cn/u/1745345322〕

除了我，就是无边无际的麦田。
风吹麦浪，心朝向虚无，
虽然并不能倒空一切。
当个体与集体主义对立，
只用渗透一丁点孤独就足以
与整个人类为敌。
和伟大的辽阔比起来，
一个人更像是天地之间的一处接缝，
还有另外的一些接缝
注定一生老死，不相往来。
如何理解这辽阔：
抬头就能看见想要的那种蓝，低头
就是麦浪，而一个人永远都不可能
被它们同化，也不会被排斥。
这幻象，
如果不是在梦里，就是在谁的怀中。

世界依然完整地存在。
意识到：无论如何折腾都是可耻的。
我的心曾为此牺牲过。
此刻风吹着麦浪，
风快要把一个人空虚的火焰吹熄了。
空气中有着早些天的雨水的气息，
忧郁的虫子和苦命的草轻轻咬上鱼钩。

因为爱

◎风 荷

〔http://blog.sina.com.cn/jiangnanfenghe〕

就在这儿吧，我守着一条江
有人在钓鱼，我数着柳芽等着春天燕子归来
五月，江边的蔷薇花儿开
她们的颜色要好过玫瑰
江风更暖和些的时候，我想念一条江的源头
一条江的源头就像一封信的始发地
它知道要把自己寄往大海
就在这儿吧，我守着一条江
秋天很快来临，月亮又亮又圆
星星们挥动着寂静
在江边，我把自己想象成是芦苇丛里的一枝
风在上面爱写什么就写什么
冬天到来的时候，你会看到一条江
很干净，很干净

丝绸之路

◎朵 拉

〔http://blog.sina.com.cn/doracheng〕

为我掌一夜又一夜灯
把我安置
在火焰之上，你就是要融化我的孤独
在我的花园插遍
红玫瑰
霜，节节败退
我还剩下几分忧郁

你看不见，我守着一棵树，等它开出洁白的花朵
隐形的涟漪
我是水

——别提醒我
时间在微风中消逝，我已经成为一个湖泊
你一直在夜晚摇醒我
一千零一夜
我了解一种漂浮，正在划向
那个方向

看 见

◎海饼干

我看着他，仿佛对着一座
老旧的房屋。我看不见的那些——
他的内在结构，经过了江南缓慢地
涤荡

我不知道什么被他留下或
淘汰，但有个女人贯穿了他简单的生活。
从单车到机动车，从一个办公室到另一个办公室
木讷的桌椅

看见他从青涩少年钻入
中年的光脑壳。现在，他已能洞穿未知之事吗？
我站起来，给他蓄满
杯子里的水。

冬天的银杏树

◎娄 格

脚步晚点
没有看见风起自树梢，且手握刀片

一只鸟和另一只鸟让我想到天空的辽远

它们分别在飞

小雪只是时令，没有真的雪飘下来
我的心还是忍不住咯噔了一下

风再度袭卷，这回是起于地表
落叶在风中起起落落，懒得努力

世间事早有定局
我们只有过去，却已回不到从前

如果我能够从树中凭空数出金黄色的鸟来
那么我的善良应该对生活无比管用

自 由

◎朱 江

你说的自由，即虔诚
它与囚牢，枷锁，甚至子弹无关
即使深入黑暗，那里依然有乌鸦
有黑，有更多的追随者
我信奉的自由像季节
春天死了，有夏天，夏天死了
有冬天。轮回中无穷无尽的逍遥者
电线上的麻雀中了兄弟一橡皮枪
它落下是为了在黑暗中更好地飞吗？
蚕，吐丝，吐着吐着就将自己包裹在
白色的黑暗中

钉钉子的过程

◎李 季

我想在墙上钉一颗钉子
前提是 要有一颗钉子和一把铁锤
如果要钉得高一些
就还需要一把椅子

接下来　我需要选一个点
瞄一瞄　保证每一锤
都敲在钉帽上　可以预见的是
会发出铁与铁的撞击
和铁钉进入的声音
这个声音可能会持续
如果墙体过硬
我还需要　多点耐性
用点力　这枚铁钉
之后所能承载的重量
取决于墙体让给它的深度

夜　色

◎浦君芝

〔http://blog.sina.com.cn/pjz〕

当你看见月亮的背影
在夜色里逐渐荒芜，目光的河流
就有翅膀长出。"夜色是女巫无声的冷笑。"

那些无边的黑，无奈的喑哑
有无穷的理由，在夜色的叹息中成为风景
成为生命里最亮的那部分

此时，你的喉结沉浸于夜色的重量
冷笑的余波，鱼贯穿过一些暗物质
叩击空气中浮躁的气息

你高傲地为夜色吟诗
可夜色并不感动，它比你更高傲，它的脸上
冷笑依旧。只有月亮，在夜色里打捞自己的背影

晚安，母亲

◎刘奕涵

〔http://blog.sina.com.cn/u/5512399490〕

目送你的身影
渐行渐远
守望你的成长
默默付出

柔如江南的水声
坚如千年的寒玉

举目时
她是皓皓明月
垂首时
她是莽莽大地

眼观你的成就
熠熠生辉
鼓励你的心灵
从未放弃

繁似空中的银河
贵如生命的氧气

举目时
她是璀璨星河
垂首时
她是沧海桑田

万籁俱寂
道一声
晚安
母亲

博客精选

113

论坛精选
BBS SELECT

记事：2015
〔外一首〕
冈居木

这一年，父亲去世三年
我方知天命。想起
小时候上山割猪草
父亲就跟在我身后不远
时常，回头看看

这一年，我患上眼疾
睁一只，闭一只
病魔也讲究男左女右
父亲被拉黑
母亲独来独往，郁郁寡言

这一年，我戒了酒
跪在父亲的坟前
接受他生前的劝言
母亲说，后悔还不晚
从此成为父亲

这一年，女儿的婚事
提上日程，这是父亲的期盼
生活就像被设计了程序
每个人都要走一遍
结果不能设定
悲喜都要直面

这一年，在老家
老屋翻修，社区没有动工
在城里，我搬了新家
妻子退休不再四处奔波

这一年，我
写下许多关于生死的诗篇
每逢年关节日
我就将诗稿和纸钱一起
焚烧于路边

烧 纸

你就是这样
蹈火而去
命薄如纸啊
一小团火光
在黑夜的大道边
一闪即逝
我只是一根
瘦瘦的挑火棍
想努力让火更旺一点
让光亮照远一些
可我也在火里
越烧越短
终将被烧尽
随你，一阵风
一把灰
没入夜的黑

一场大雪或许可以拯救一个崩溃的人
〔外一首〕
武靖东

一场大雪涌至脚下。雪在雪白中透出冷，
那种静静的，有硬度也有柔韧性的冷。

在山顶，或楼顶、河边，在寒风中，会不会
有这么一个人——诸如仇恨、绝望之类的负能
　量
在炸裂、损坏、埋葬他／她
（其实呢，这些东西不过就像雪片一样
突然出现、暂时聚集，终会消失），
他／她悲伤、疯狂，徘徊在人间和地狱的
交界处，像雪花一样凌乱、散碎？
如果有，就让他／她也遇到这场将我修改
并将我治愈的大雪吧——
它一次性地删除、抹掉了大地上的肮脏、杂乱
　和
喧嚣，只留下了你、我、他／她，
我骨头上的、并不亚于它的洁白被反射出来，
它仿佛一种药品，让我和世界自行冷却，
仿佛巨大而厚实的襁褓，它迎迓了我的重
　生——
大雪中，我会遇见他／她吗？遇见的话，
你会看到我和他／她，在雪光中，停步、对视，
像一座刚刚安宁下来的佛塔
面对着另一座渐渐趋于平安的宝塔。

秋 兴
——与诗人勇康唱和，赠小肖

“九一八”的前一天，晨曦
透出我熟稔的香味，三五棵红豆杉、
白杨、柳叶铁匠木，比我们还早
来到山顶。你的衣衫，消化了昨夜所有的黑色，
你的影子，已在你身后化成了一条
回返老家的小径。路边，稻子的颜色
那么豁亮，映衬着她的柱体，她轻轻整理
耳边头发的那一刻，我决定让我的直线
再绿下去，尽管她只属于她自己。几个月前的
篝火，温暖但不紊乱，我醉着离开了
那座会在一瞬间的记忆中永远发亮的空山。
秋天来了，我的世界变得越来越安静，如同
被层层阳光包裹着的野果。我喜欢那些
越来越重、越来越浑圆的事物，它们都是劳作
馈赠给劳动者的礼物，它们都有
难以被侵略的半径。那些香气和实体，仿佛人

生
谜题的答案。腐殖土、花瓣和杂草
都堆积在远处的山坡，还有一座无形的寺庙
在上面闪着我们可以吸收到的微光。
兄长啊，你自下而上，我，自上而下——
我们都漫游在清澈的风中。

一粒种子 〔外一首〕
东门扫雪

“它死了……？”平静得就像
没有一丁点欢乐和痛苦

我尝试着唤醒它——
但它坚硬的外壳，像一副棺木

也许，把它埋入土中
它才能复活

这么多年，我把你埋在我心里
让身体像一截墓碑立于人世

但我还是不能确定
这是不是埋葬

细 菌

房门一关，化验室里
就只剩下我
和各种奇怪的细菌
那些肉眼看不见的生物
在高倍显微镜下，依然小得几乎没有形体
没有重量……仿佛只有灵魂——
那些模糊不清的，紫色的，小点
像夜空里的星星，遥远而真实
它们有痛苦吗？它们会绝望吗？
它们存在的意义是什么……
他们在不停地分裂，繁殖，分裂
把一个自我分裂成两个，四个，八个，无数个

在一台更大的显微镜下，我庆幸
我有完美的人形，清晰的五官

丰富的表情……但不知
我有没有灵魂
如果有，它应该与我同龄
身高应该小于1米7
体重大于或等于0
有性别，有洁癖，有爱憎
有身体强加于它的一切

小兴安岭上的棕熊 〔外一首〕
多 语

做一个有经验的猎手
不容易。将瞄准镜抬高
或者降低，都不利于他
准确地捕获现实。

这么说，不是针对
栖息在小兴安岭上的
那头棕熊。一个
国家未来的命运，无须它关心。
它也对过上"人"一样的日子
没兴趣。现在，它委身在
红松林深密处的山洞里
冬眠。一颗子弹，从物理学的
意义上飞过它的近旁。
它翻转一下身子，舔了舔
自己的熊掌，继续酣睡。

石头会开花

父亲老了，忙于在电脑屏幕里
"浇花"。母亲告诉我，昨天
夜里听到一只蟑螂在厨房地砖上
来回走动。她说，那是
天上派下来接她的使者。
姐夫租了一辆面包车
把我们一家人拉到梨山上去玩。
父亲指了指大山脚下的一处
有裂隙的地方，说
就埋这里吧，以后石头还可能开花！
春光来得晚。漫山遍野的
风，还是吹到了人的骨头里。

去看张健 〔外一首〕
黄文庆

黄花正好，他躺在春天稀薄的一角
不能爬上轮椅出门，让鸟鸣敲打死寂的听觉
暖风吹乱头发，蚂蚁咬疼陌生的爱情

二十个春天，大部分时光，他都躺在人类
之外，只有白发的祖母
在他生活的边缘，升起瘦弱的炊烟

他的身体早被命运撕碎，其实
遥远的裂纹，起始于祖辈的近亲
也源于父母思维的乱码

他躺在托尔斯泰、雨果和史铁生的文字上
缀补自己的一个个碎片
后来，他用偶尔从小窗掠过的光亮
擦拭灵魂，把可怜巴巴的梦想
藏在命运搜不到的枕下

我去看他，领着一群阳光和蜜蜂
领着一个大尾巴的春天

月亮教

出佛坪小城，到了没有一盏灯的山背后
不远处的小寺，静悄悄的
和尚们怕已入梦，高大的露天佛像
站在黑暗里，度人、度世

月亮出来了，山背后
只有月亮和无边的群山

这一生，我参佛，悟道，爱基督
可什么也不皈依
我信仰的是月亮教
月亮写着月光的经书，我读了
一卷又一卷，千卷又万卷
无论我活多久，只能读它的一小部分
只能悟它更小的一部分

论坛精选

118

剥芒果 〔外二首〕
醉生梦死

剥芒果。也可以提及占领，自然是先到达一步
确认这是圆还是椭圆，像手中陷阱。我一跌落
　　就到底

金黄的汁蠕动。比水汛还短，稍微比花期长些
我出现在赶集的路上，眼看隔着雨水。那头还
　　青得厉害

其实想来芒果更甚。靠海的地方容易忽略咸味，
　　我不妨
回到果园里藏个恶作剧。现在，剥开芒果，指
　　出那个人

果核硬得出乎想象。恰好芒果的记忆先追到的
　　我。整个下午
摇着橹，不拘于果肉的界限，河道趋宽。我离
　　岸，又着陆

吹口琴

吹口琴。烟知道风向，我也不一定是烟
我是石头，我摸过江水的身子。唇角也摸过

抽完烟，继续吹口琴。日子还在路上，一些毛
　　球儿
被一一推送上来。小狗摇着尾巴，一整天，像
　　钓鱼

我双手托着，海洋般。这几年就这样，音调会

比我
走得稍微远一点。但不失重量，我一向感情用
　　事

我只管吹口琴。其实比任何的手都感性，都来
　　得及
百米开外，我低着头走去。至少吞下了一片原
　　野

天气预报说下雨

四个小时之前，天气预报说下雨
后来是转为多云
从站台出来后，发现我要走的
比预知的返程还要更远
答案应该会不限形式的存在
我想，还有很多细节尚未透露
或者是暗示。比如这一年
我又回到被冲散的人群

孔雀消失了一只 〔外二首〕
王瑶宇

是的，我记不起了
那一句诗下一句是什么？
在林林总总的草丛
那一根草，是什么草？
还记得石子吧
在河流里，你曾精心挑选的石子？
啊，我只记得
为数不多的河流了
且只有让我跌倒的那一条河流
记得更为清楚……

是的，很多时候
我已抓不到事物的真身
连似曾相识也抓不到
时间让我记住某些东西
同时，又让我
遗忘某些东西

我是一个有限的容器
有一厘米悲伤挤进来
就会有一厘米欢乐逃走
就在刚刚，一只乌鸦飞了过去
我心中的孔雀
消失了一只

旧锁记

一把被风雨锈蚀的旧锁
考验着我的叙述能力
钥匙不在了
主人不在了
它仍挂在
半遮半掩的破门上

不会有人愿意
用上好的棍子
将一把朽坏的旧锁撬开
里面的秘密
已少得可怜

也不会有人愿意推开
一扇锁都锁不住的破门
但蚂蚁愿意
蝙蝠也愿意

在门左侧的三米处
有一件旧衣
披在满是裂纹的土墙上
被风吹得噗噗响

当你走得越远便越会察觉
它不仅仅像是
一只欲闯私宅
却没有闯进去

而被刑罚的风筝

十字路口

我又一次站在了十字路口
我的脚跟灌满了铅。

我曾在另一个十字路口
遇见一棵大而不知名的树。
树上六七只鸟
见我惊慌而逃。
那次，我走得真神气！

这次，没有鸟也没有树。
四周荒芜，连人烟也没有。

这次如果走错，我会感到
从未有过的荒凉落寞。
就像在无边的沙漠中
孤身倒下，那样荒凉落寞。

在某个空间时间之内
我将不动如山
双脚在地上，长着根须。

多年以后，当你来到
这个十字路口之时
而我已艰难痛苦地离开。
你会发现石头上
留有两只半尺深的脚印。

当然，你不会认为
那是一个迷路的人的迷失
你会想到神仙，或者佛。

爱我的事物，必定抬头看我

〔外一首〕

希 文

1

雨把整条街都攥紧，

我，亦不知不觉养育起每一滴雨

时间那么小，却有惊人的魔力
它嘶吼，摇晃着。已把你的脸做旧
我梦见，有些爱远胜于
酒的旷远。
梦见过，太多的相会
——沿途的城市，河流，山岗，石头
牲畜，五谷，羊群，炊烟
却没有你。

因欢乐的日子而忘了你
这是我的罪，大罪！

2

今天，阴天，冬天，下雨天，每个呼吸
吐出的天
竟都渴望起炭火。

这个雨天，想与你
一个比我还年轻的少女
谈一些坚定的承诺：命中注定
谈你手中那两袋重物，
谈你眼中那被扶起的帆，
大海里的蓝。
谈一谈疾病，和疾病涉及不到的青春

听人说。爱我的事物，必定抬头看我
想必你听懂了吧。

省 下

搭上北上寻人的车辆。无所事事，
以田野和麦垛度日。其余的，能省就省
省下晒进来的厚厚的金色
省下一路的蔬菜、粮食和水果
省下要拨通你的电话
省下手里打转的老牛们的汗水
——玫瑰和戒指
省下暖瓶边慢慢犹豫的工夫

等你老了，不愿轻易走动
不愿吆喝了。安静下来，想我的
呼吸一定要轻，要轻
省下的，也会全还给你
从来没有这么奢华过，一还
就用了一片汪洋

大城小病 〔组诗选一〕

猫 夏

起

咳嗽，头痛，喉咙发干，浑身
无力
病毒肆虐
是你爱过、恋过的身子
被融化，分解

凌晨五点钟的鸢都，消毒水的气味，粗暴拽醒
沉睡的脑细胞
白的胳膊，青的血管，血红血红
你的眼睛

听白口罩号令，稍息，立正，暴露自己
尊严和羞臊的残渣，被病毒
吞噬干净

看不到，你的脸
听不清，你的音
只捉到，几根发抖的手指，在清晨的寒冷中

你的心病，在我的身上烧起来
烧成呢喃，烧成温柔的呼吸
烧成一捧热的灰烬
朦胧，又从灰烬中听到
司马相如奏起的
凤鸣声声

为什么我们不能相见 〔外一首〕
乌有其仁格

一个人的疲倦，不免难辞其咎
另一个人的寂寥，肯定与我相干
这世上，风急，雨频
赶路的人到处都是。为什么我们不能相见？

你在吗？我跑到广州去找你，跑到
扬州去找你，途经徐州，我跑到兰州
去找你。向东北去，过朔州，我跑到锦州
去找你。一个人的风霜，想让你知道
为什么我们不能相见？

很久以来，我爱着雌性的月亮。爱着
书中描述过的爱情与阴影
爱着田野的乱草与寂寞
有了倦意也不说。在属于我的秋天错过
一两片白云，不能错过明丽月光下长久的凝望
你在哪里？我们不能没有未知的相遇与消失
为什么我们不能相见？

我也爱着一两声鸟鸣。我要建造一个
用于鸣叫的小屋。用类似的鸟语与磨难点灯
当作一种体面的情感生活。等你到来
把我打碎，弃掉，免于人世倦意。为什么我们
不能相见？

隔壁有鸣琴

琴声越境而入。从谁的耳朵里挖出一两个聋子
来与我对质
仿佛我就是那个被丢失多年的亲戚
仿佛我一开口，就会有一些旧事的鸡零狗碎交
　　还与他们
我的身体上就要长出无数个口袋，盛满冤魂
叫来他们空洞的棺材
哦！那个非常的年代，就像一张失效的膏药
被谁的大手扔掉
假如我陷入回忆，我必将死去
假如我拔身而出，我必将受伤
琴声，是的，琴声的帝国将终有所用
我们都是俘虏，被胁迫，被驱赶
被推搡着回到秋风的怀抱
在风中醒来，发愣，哭泣，习惯于风中的奔跑
　　与鸣叫

把盏者 〔外一首〕
王 蕾

落日时分，把盏者剑指东篱
黄金菊被击中
多么璀璨呵！黄金
暖暖地，一直铺展到内心

他虚拟出了天空。东篱
在剑尖上流转，另一侧是落日
时光漫漶，一眼能看到的距离越来越短
南山被挪移、涂改。他一低头
天就全黑下来

剑走偏锋，最后的锋芒
引起了电闪

在剑江边

江水总有些黯淡
隐现的波纹
被岸柳挟持着，穿越杭甬铁路抵达姚江
当我转身
阳光，在江水上过渡到阳光
风，过渡到风

傍晚时分，岸柳的荡漾
把星月迅速推远
一剑锋芒，让风不仅仅过渡到风
并为我眉宇间，悬着
今世惟一的武器，找到了理由

明天立冬 〔外二首〕

海湄

亲，现在我们来谈谈桌子
木头的，木耳的，原木的，刨花的
呆头呆脑的
四条腿

亲，我们对茶的谈论有些莽撞
到庭院里去吹吹风吧
风先吹树，再吹我们，风爱树木胜过爱人
风给了我们绿绿的汁液和颜色各异的花朵与果
　实

果实落在井里
会发出咣咣当当的回响，回响撞在井壁上
撞在井绳上，最后被桶捞上来

水和水汇合在大缸里
我喝水的声音很大

亲，这不是不礼貌
我想喝水就喝，不用探头探脑
我家的井，想投井就投井
想照镜子就照镜子，想把自己打成波纹就扔一
　颗小石子

你看，这世界简单得就像一加一一样
何况我们两只小蚂蚁

吾　爱

他必须接近成熟，又没有成熟
他必须如秋，但千万别是
深秋

他必须像我
每天甩开两条长腿，大步走向落草时的
山坡

他必须是呱呱坠地的，是熟又熟不透的
他虽不停地变幻，却不会忘记
答应过我，绝不一半
变红，一半变绿

他的餐桌上，必须有几粒窝在核里的干瘪种子
作为墙壁和床铺的参照物
也作为提醒他的
警句，上面写着，任何甜蜜都会被吸吮干净

上访者

他努力地把脚搬到路上
他抬头看看天
还有几颗寥落的星星
一碗凉透的水还在他的腹腔内打转
他猜测，炉膛早已经灭了

哦，他谨慎而又徒劳地
试图灭掉所有的危险

他把地上的灰踩踏了一遍又一遍
出门之前，不能留下一点点死灰复燃的希望
他敲敲额头
听声音，像极了战败的破鼓

从头是不可能的
再战也是儿子的事
他没有儿子，也没有下辈子，只有几个裂开的
　　馍
从今往后，他要靠冤屈
活着，他紧紧腰带
脊梁骨也直了些
他虽然不时地露出怯意，但脚尖却始终朝着
那座可以倾听他诉说的堡垒

父亲的悼词　　〔外一首〕
风　言

命运如无头之躯，在案板上不停扭动
悲喜从一碗白开水里出浴
善良，在记忆中
返回

来不及融化的雪
胆小，懦弱
一不小心做了我的父亲

清风寨

我是一个被炊烟招安的竖子
宿命里装满淡水，却向大海索要盐分

在清风寨，我知道稻子不会原谅我
稗子也不会

神啊，我想忏悔
可你总得让这个世界给我留出跪下的地方

核桃沟　　〔外一首〕
石　棉

核桃沟从不种核桃
核桃沟只有几块
不规则的田地和许多不规则的石头
据说，那里有半亩
属于我的沙土地，朝阳，适合种植花生
我很想去看看
从地里抠出属于自己的果实
我更想把它认领回来
安在城市的一个角落
但是，那块地里埋着爷爷和奶奶
还有新鲜的二叔
我不能毁了
他们在乡下的好日子

抚摸村庄的瘦脸

青一块紫一块的旧脸庞
从表情上看
是一个假装熟睡的模样
沿着参差的石头
一直走下去，就可以放肆地触摸
村庄的血肉

我摸着石头，摸着这张
不知从何时开始塌陷的瘦脸
慢步伐，顺应村庄的节奏

手指上的体温
顺着石头流走
它总是
比我提前迈进家门

刚刚好

〔外二首〕
四分卫

夕光中，节肢动物相继跳下晚稻叶
黄昏孤单浅薄

割草，蒸饭，捞鲫鱼
秋分合适，昼不短夜不长

雷收声，竹林里睡觉刚刚好
翻身就忘记，刚刚好

但此刻不通往晋朝，也不通往唯心论
此刻要欢喜，为迁移与流离

玻璃空明陶瓷软
去抓一把冰糖，撒向这万里江山

来日不谈故乡事
你有伤心话，我有平复帖，刚刚好

能不忆

使槐花就茶
当落雨，在庭中洗澡
把船靠近水丁香

一群人给国家掌灯
一个人为自己调银耳羹
当落雨，去湖上听收音机

陌上花，水中莲，偏头痛
假如一生并无是处
为何往事徐徐归来

然而春天毫无顾惜

然而春天毫无顾惜。山花浓密
像胡子，扎进盆里。他的面容
继续融化，像糖，像手心的沙粒
甜就甜得甜倒牙，不能吃喝
无从消化。行吟诗人，手捧净瓶
讲述人生，讲述七十古来稀

然而春天毫无顾惜。银色指挥棒
划开空气。水流进蓝天，道路柔软
从巴洛克出发，那个行吟诗人
形色憔悴。古藤覆盖了城堡。大提琴
白色丝织手套，多愁的维瓦尔第

然而春天毫无顾惜。他长睡不起
脚沐秋风，头枕着夏季。以为
拒绝清醒，拒绝走动，拒绝诉说和
倾听，像沉静的农夫，可以彻底洞悉
土壤的秘密。一只座钟挂在眼睛里
麻脸的啄木鸟开门，关门，然而

春天毫无顾惜。他看到雨点落进信里
寒冷的书签。短命的，透明的书签
像《圣经》还没有合上，像福音
不再光临

没有什么，比在地上行走更安全
而他已经习惯飞翔，毫无顾惜

夏日之殇 〔外一首〕

张鹏远

银杏、洋槐、矮冬青在路边生长
收割我的人，在路边生长，戴着白手套
我所厌倦的肉体，在路上走

康乃馨安躺着，我献过一束
这么多年来，我已献过很多束
无形的哀悼用一束有形的物替代
必将凋零

康乃馨必将凋零，还有什么可以长久？
错过的一切和将错过的一切
被我摁进暮色里，暮色苍黄

再一次，我们面对
殡仪馆、火葬场、旷野、山川、河流
我承认我的死还活着，包括你的死
这一切有形的无意义

谢 谢

爱是陈旧的，不再新鲜
身体也跟着枯萎
内心，也枯萎了么
他曾经吻遍她的全身
但她被一只小熊带走
大致勾勒下分开时的情形：
她是哭着走的
或者，他是哭着走的
房间里的水龙头拧干了眼泪
只剩下空洞的滴滴答答声
只剩声音，什么都不能挽留
蓝山咖啡也喝完了，嘴唇干涸
咖啡馆必须歇业，它的存在没有意义
她回家熬稀饭，他回家喝稀粥
关键时候肚子最重要
挂在嘴上的，总是那么不牢靠
说到爱，多么奢侈：他依然爱她

那么，她呢？她没有哭
秋天稀里哗啦地宣告结束

芦苇在淀山湖是
站不稳的 〔外一首〕

夏 杰

芦苇在淀山湖是站不稳的
风可以，把它吹进书页间
可以使它拥有，三个身份

像思考，带着记忆与前途
指认，无名事物的光点
显然这是，描述的专用道具

在一首诗里，闻到酒香，若干年后
用油墨制成黑夜……
渔火跳跃，报答涌动

芦苇在淀山湖是站不稳的
悄然无声，从某个时辰的远处
辨认着什么——

暴雨将至

暴雨将至，晚樱落到地面
树叶模仿雨声，在窗户上表演
傍晚带着尘土

我在六楼阳台凝视
每当这时，想到山雨欲来风满楼，人间很远
想着，想着……
水珠趴到玻璃之上，转瞬而
另外成形，逐渐吸引大批来访者

疾风，暴雨
站在高处觉得寒冷，寂寞则看得出来
——那个人在奔跑
把性别甩在身后

空中花枝 〔外二首〕

湖北青蛙

一大把年纪了，跑去看桃花
桃花此时正年轻
还是我五十岁时看过的样子
其枝老迈
其叶新鲜。我好久没买火车票了
好久没从王孙游
看见桃花，也算是旧情难忘
也算是老友重逢
仰望长空，扶花枝
风景正在成熟，白云刚刚装修过别人的屋顶。

陨石散落，经过窗前

那样的日子过去了。现在过自己的日子
在不当认真的事情面前
认起真来，在抒情没意思的时候不可抑制地抒
　情
反其道而为之。
我是什么样的人啊（我们是两条道上的人）
正在空中回到初衷，从未改变过：龚纯你看啦
星球碎裂，陨石散落，经过窗前。
目前燃烧的都是无意义的
时间。

追寻落日

夜晚就像飞机失事一样到来，到处都是道德
和生活的残片。我骑车经过村庄
缓缓升起的灯火中，什么暗示也没有
田野寂阔，几个老农民还不回家，聚在一起
完成难题——落日在远方徘徊

把巨大的光辉，留在树梢上面。
回望我所走过的弯道，碧云天已装满
铺天盖地袭来的阴影。
同样的日子不会回来了，再没有同样的
时间和地点。
山河仍然存在，直到落日深情的余晖
被挫骨扬灰。

霜降——兼致酸枣 〔外一首〕

南蛮玉

虽霜降而着单衣
梦中忘了年纪
秋杪，水岸颠倒
瘦果蔷薇，勾留一朵浮云
西域初雪，鹤飞担心他的大丽花
苹果酒在凌晨，思念未谋面的友人
想你，水边红蓼
就在风中酿出微酸……在南方
想你，风中的白茅和白发就忘了年纪
霜花融，浮玉凝。普天之下
所有放心不下的才子，今夜
天降一个霜白姑娘

夏至

穿过针尖的雨滴，留下尖、亮和疼痛
巨大的渴意舔食宿墨，听雨轩
听了几夜、几朝的雨？
隔壁的灯光彻夜不睡
走廊里，飘散端午艾的枯叶
水岸看禾归来，疲倦的微风将你抚摸
白鸟穿过迷雾，抚琴人端坐昨日画图
那人从山水中来，又往草木中去
幽微的叹息弥漫河谷
私藏了他的面容和姓氏

当代诗歌 论坛

论坛网址：http://bbs.803.com.cn/forum.php?mod=forumdisplay&fid=91&page=1

代表诗人：江苏叶开、舒布衣、北二兰、王凤飞、张相河、立雪、徐志亭等

给叶开的诗 〔外二首〕

江苏叶开

沉默是枚钉子
他像一幅画，挂在午夜的白墙上
逆来顺受的模样

而洞穿的体内，逐渐传来了
流水与火焰的和解声

暖 色

有梦想的生活
才是可靠的
一颗卵石开始发烫
它褪去溪流，沿着青苔上的旧路
回到峰顶

东边是温暖的地方
它刚想起
身上就长满了树、鸟鸣，和
阳光的声音
它在前世是一座高山

自画像

我站在自己的中央——
最渺小的
我

依附每一片叶子
去观察：秋天的手
摘去绿
填上金黄

填上草木之心
我赤脚行走在大地上
因渺小
而唱自由的歌

天空是镜子
它不停地倾泻出光阴
倾斜出
蓝

霾 〔外一首〕

牖 之

又东行二百里，鬼气还是很重
此物，可入《东次四经》

吃人的勾当，从体内悄悄开始
因此，我把每一个人，都比作行走的墓碑

村 庄

村庄在山坳
吞吐着云雾
我的粮食
在这里瘦
在这里丰腴
先辈的骨头

在山左开出红硕的花朵

村庄，我是你最乖巧的孩子
你是我一生的麦场

如果我在梦中打马
你是我惟一一个要归去的地方

听　雪 〔外一首〕

迎客松

每一朵雪花提着自己的小身子
轻轻落地　除了白得好看一点
她不给这乱世添堵

风把她摔到树干上　石头上　南墙上
她也不喊一声疼
掉入水中也不喊一声救命

花开有声　花开又无声
一朵雪花，轻咬我的耳朵

晚上开始，早晨结束

晨曦透过玻璃
一只鸟在窗外鸣叫
接着是三只、四只、五只
更多只鸟轻轻拍打晨光

你睁开眼睛的每一天
起初都是美好的
只是后来你把一天中
某些时段弄坏了

你弄坏了某些组件
便有了阴晴，圆缺
风雨，霜雪有时也会跟进
令你骨头生寒

你说："人间的好时日不多"
"晚上开始，早晨结束"

晨曦透过玻璃
一只鸟在窗外鸣叫
接着是三只、四只、五只
更多只鸟轻轻拍打晨光

春天里 〔外一首〕

舒布衣

春天里，你的身体蓄满了桃花的妖气
歪斜着云鬓，当时钟刚刚敲到六下
你慵懒着身子，媚眼如丝地向窗外眺望

你噘着小嘴，舌尖上弥漫着野蔷薇
野水芹、野樱桃、野菠萝……
还有臭椿和苋菜的味道

你抱起陶罐，赤脚走进流水
抑或躺在花蕊上，病歪歪地睡大觉
等待着一场谷雨，等待着那个包治百病的小郎
　中

你说你没病，只是想枕着我的臂弯
静静地睡上一小会儿

夏小朵

一个叫夏小朵的女子，躲在一首诗里
在黑夜来临之前，点燃几簇火焰
怀揣着一把镰刀，等待

我不借风的名义，也不把自己
打扮成太阳、月亮、星星的模样来迷惑你
更不会借一场姗姗来迟的雨水
爬过山崖，洗涤你的内心

只是趁窗口的小红灯盏刚刚点亮
催红着灶膛里的炭火，温一壶小酒
等你，喊我的名字

我便伸展着柔软的触须
入侵你的花衣裳、绿裙子
还有你珍贵的时间和百年的孤独

此刻，你什么证据也找不到
我隐藏在一张戏子的脸后面
站在废弃的铁器堆上，铮铮地弹唱

夜行船
〔外一首〕
陈建正

灯亮了
河上起了波澜
芦苇是捋开的须发
旗帜向黑里飘扬
一个
躺在镜子里的人
突然在我前面
站了起来
跟着西风晃了一下
从船头到船尾
搅动起一两粒星光

挂桨机震耳的声浪
将我推出万丈远
我一个人
怀抱半边月夜
到天明

秋 天

河水在隔壁流着，没有了声音
我在北窗接住了寒霜
父亲在东房咳嗽了一下
什么样的风吹灭了西房的灯
柿子下落的时候
砸中了门前的一枚落叶
发出了沙沙的呻吟
哦，今夜
我要到一场月光里去
怀念一个人
哪怕被一只蟋蟀窥见

飞 雪
〔外一首〕
徐志亭

如果给雪花穿上裙子
是不是便会回到良夜的腮边

风吹得多欢快
石阶又厚了几分

进一步便是仙境
腊梅儿正艳

那美人彬彬有礼
官人，接我的马车就停在门前

谁也不能在春色中永驻
昨日抚摸过的城镇已数九寒天

光阴是可以重置的

时空裂变
巨石的碎片幻化为亿万颗星辰
时光是一位美女
被拒绝过的事物
已变成她腮边的一颗粉痣

谁也无法将自己认出
叶子回到树上
眼泪重归明眸
河流是未长大的马匹
蹄下绿草如茵

小小人儿正在长大
有江山可供驰骋
有歌声储存在喉咙
光阴如此盛大
有良田万顷可供放养春梦

消防队员 〔外一首〕
朱 涛

他羞于承认自己的身份。这些年他不断提着高
    压水枪
从一个屋子跳到另一个屋子
反复的动作把他锤炼为
不化妆也能被火认出的老螳螂
"又来了"

玩火的按钮不在他手里
他就只能在身上演习
把自己烧得青一块紫一块了

关在收音机里

小时候厌食
大人买了收音机
哄她

吃饱饭
里面的小人
就会载歌载舞
蹦出来

她好羡慕
常常盼着收音机的房门打开来
但她们不是嫌她吃饭少就是嫌她吃饭慢

后来，她明白里面的小人是走不出来了
她剁掉手脚撕碎声音
她怕有一天长大
关在收音机里永不见天日

蓬山此去无多路 〔组诗选二〕
啊 鸣

偏 移

从通风口可以看见窄小的天空
阴郁。它也正望着我
目光比浴室更加宽阔，让人无从遮掩

水管穿过墙壁，顺着血脉
流动的声音混乱而虚弱，夹杂着我——
一次偶尔散落的谣言

热汽飘向外面，我静默不语
大概已经把躯壳遗落在海边
等待咸湿入侵后苏醒，仿佛守身如玉

他

把半截身子埋入泥土
吸收各种放线菌、支原体
甚至蚂蚁、蚯蚓
让思维僵化而成根须
不再考虑奔走
也不需要培养皿
激活一个村庄的乳房排队

时空已经缩为一团
昏黄的灯晕
有万千种渺小压在薄薄的
盖玻片下，令人亢奋

而现实又慢得
让所有幻想都无法快跑
他决定趁着夜色
抽出一片叶子，立于
大脑之外，晚风吹出锋芒

在光合作用开始之前
他砍下自己的头颅
刀过处，闪过银白的月亮
鲜血有轻盈而矫捷的分裂

"哦老天，我终于脱离了大地"

夜行记　　　　〔外一首〕
邵蓓蓓

你是几瓣的，在疾驰而过我的一刻
那些广场上的人被阴影一只一只捉住
自由着的，只剩我与你
我像一朵蒲公英划过你的视线

去那条街走走，我说
路灯排成鱼脊状，一路蜿蜒一路昏黄
墨色的夜连同雨滴的下坠都被踱长
再没有一片树影，可以静静走着去等

你的一生安放在这个夜晚的角落
被我抬起
微微的清凉气。天明若太远
不如，转身再走一趟

朝南微弱光线里的一次驻足

世间那么密实
我却是空的
一株秋天的泡桐，也
显得比我富足
它拥有摇曳、坠落、优雅

于是，我往湖水里打捞
揣测鱼儿悠闲的秘密
我拨开一颗明妍柔软的柿子
试图体味成熟
我伸手在阳光下摸索秋风
它却在我指间穿越而过
下一阵雨罢
至少衣衫会湿透
让雨水装满我
让我在摇晃自己的时候
叮叮作响
可到了清晨
我朝身上戳个洞
就如纸鸢，开始飘翔
坠落，什么时候
我才能够坠落
像一枚杏落在坚实的泥土上
那么真实，分明

来岱山听海
古岸

我不知道鹿栏与晴沙
需要怎样的结合才能搭建这适合的舞台
辽阔的天空下
潮水与大海的背景总会在某个时刻抵达
日常过后，是另一种生活的向度
我需要取一个响亮的名字
去消解这日子积累起来的还旧
听海：只为随意的悲伤埋单
这一刻。向晚的钟声穿过海坛
在岱山岛。3.6公里的沙滩已经寂寞了很久
这一瞬，只要面朝大海已经足够
让陌生面对陌生，让赤裸面对赤裸
让爱还给爱。让钢筋和水泥不复存在
在掩盖的时间背后
漫溢的心，终于归于宁静
一个简单的想法，浪费了太多的修辞
一个简单的夜晚，也足以怀念很久

油菜花典故 〔外一首〕

非 斐

又到了赞美油菜花的时节了
她让蜜蜂在春天不失业，让蝴蝶有了竞争的心
让古代的小姐和丫鬟追着蝴蝶
就开启了爱情的邂逅模式
菊花轰动京城，牡丹养在深宫
惟有油菜花金黄过后贡献子实
年轻的后来人不解她的风情，曾误入花田深处肆意撩拨和践踏
想想都后怕
后来我们在上学必经的油菜花掩面的田埂上快速通过
有谣言说油菜花海深处隐伏着剥皮人
专吃小孩

当一个少女经过我的暮年

当少女来到我的垂暮之年
我的垂暮之年裂开一条冰隙
当目光踟蹰、躲闪、慌乱交错以距离
当唇齿依着唇齿，苍白贴上红润
衰朽之年的寒洞窟，重启了一阵春天的雷声

当少女如云雀轻捷来临
当我的松弛和冷漠，相遇了热烈和情爱的激赏
我埋下头颅，如何不深以为耻

当少女的来临汹涌如同爆破
请让我重新温习铜香炉熏染的写爱的宋词

年轻时未许的誓言
请让我重许一次
少年时未犯的错，也让我一并犯过。并遍尝涸
　辙之欢
缠绵之苦

远来的少女终于来到了厌倦
云雀的少女在我的暮年只是经过。
衰朽的老诗人不写十年一觉扬州梦，不写桃花
　潭水深千尺
他准备半盅半苦半甜的浊酒，准备一阕
倚声填词的新曲。给下一个呀呀唱曲的少女，
　慢慢唱

惊　蛰　　〔外一首〕

正　逢

后半夜，雷的车轮
碾疼心口
第一个醒过来的人
摸不到伤口
只好把面前的空气
拂拭了几下
他觉得晚了
春天变得如此汹涌

石头也在夜晚翻身
他还是晚了，在石下
他有着恐惧的眼神
向故乡发出的呼救
停留在捧着的嘴巴里
微光中，故乡门前的桃花未开
而下面早就站着
疼他的两个人
他疼的两个人

春　草

春草剥开泥土
微笑，如鸟鸣，
大地很安详

以浅浅的绿欢呼
春草曾见过这个世界
它又活过来了

母亲生下我，我哭
我被突然到访的另一个世界
吓掉了魂
紧紧攥住的拳头
至今只能抵抗空气
或打在自己的身上
我曾待过的世界
我回不去了

春草会毁于一把火
根还能扎进自己的灰烬里
轮回，一次比一次茁壮
我化为灰烬的时候
根在灰里
疼我的人如能把它捡出
就打制成沉在箱底的一把银锁
选一个吉日
重新翻出，戴上我虚无的脖颈
而疼我的人，走在我的前头

感恩之心　　〔外二首〕

吕增军

一只鸽子，咬碎了老屋的光影
休憩的岁月，依旧疲倦不堪
奶奶始终坚守封建迷信，一刀纸钱
划分新派和旧派的地盘

十指横穿后辈的哭声，冷雪与冰霜
像是午夜的惊语，打消鸽子的睡眠
我苍老的奶奶，你化作山石
供苔藓生长

我以风景馈赠自然
我以流水补偿山涧
我临别之际，卷起的花布
又能干净地哭泣

手臂有纹身的男人

船桅撑开天空遗留的余温，过江鲤鱼
被波浪铡碎。丰收椰果的岛屿
载歌载舞，逼迫海岸线以内
气温骤降

任何物种，有生存的斗争权利
不妨钻木取火，炙烤鹿肉或者坚果
甚至烘烤人类的胸膛。年轮打破的沉默
像水珠穿过针孔，不善留意

隐秘而伟大

草场退化，她的男人
牵住最后一匹白马
雨中抽出一支生锈的马刺

风沙掩埋下旧日的眼神
她的男人，仿佛诗章
被人爱憎分明

悄然只是假装神秘的词汇
当人类忘记并抛弃
它就必须改名换姓

逍遥令 〔外一首〕

西窗竹

如若不要这江山，我便做你的美人
趁着春色诱人，初生的雀斑
正好养一曲小令。我有江南的软语
水乡的丝竹，越女的腰身，柳絮的歌喉
你只需打开城门，放出恩仇和故人
我便能叩开前朝的山水，归隐
年年桃李春风，铺张我们的喜乐

我与江湖两不识

春风不度就不度，玄关处自有桃红柳绿
一辈子的闲言碎语适合点种
多余的情怀交给瓮缸，把歌阕还给青瓷
慢慢和、慢慢酿、慢慢地把烧心的烈焰
消磨成一曲清词一杯水酒。归隐
豢养春花秋月胭脂红豆。江湖与我
不涉恩怨不计亲疏。没有走失的故人
月下楫舟，不与义士生死相许
无需神功辨识暗剑分列敌友
我只有我的三尺案头：写诗、云游、摆渡

论坛网址：http://www.poemlife.com/forum-139-1.html
代表诗人：冷铜声、刘频、多语、西左、风行城内、楚青子、雨人等

并非散步　〔外一首〕

冷铜声

这条路上的树木长得很茂盛
我喜欢作大自然的食物，让它
慢慢消化我。我走得有点急
我只是经过。树木附近正在施工
瓦砾成堆，尘土飞扬，机器在怒吼
我的步子越加快了，几乎小跑
这是大白天。如果是晚上，我断不敢一个人
从这溜茂盛的树旁经过

图书城

很久没来了，它还在这儿
人很多，但多数是来寻找
发财致富、升学求职和成名成功的秘籍
我喜欢虚构，我为虚构而来
那些愁眉苦脸的人是我的朋友，像陀思妥耶夫
　斯基
像卡夫卡，像但丁。我经常变作他们，坐在书
　桌前
虚构属于我自己的人物和故事
我打开一部部忧郁之书，我走进去，然后淹死
　在里面
我的尸体横七竖八，躺倒一大片
那个穿着乏味蓝颜色的女清洁工跑来，忙着
　搬运
我上前阻止，可是她听不懂我说的话
死亡是清洗、消毒的必要仪式，我已经很久没
　死过了。从图书城出来，我一身轻松，感觉
　对得起
我的堕落了。阳光刺得我睁不开眼
我拍拍衣袖上的阴影，快乐地

一头扎进淤泥里去

那时　〔外二首〕

西左

那时，我还在爱你
母亲没这么老，父亲的腿没瘸
邻居像闹钟一样的小孩没夭折
院里的梨树还在
满树的梨花被风吹得到处是
我也没这么多病，一点不怕贫困
最重要的是头发还没白
敢把爱你当成一生的事

致

我们走过的那片荷塘
这个季节
枯萎的不仅是荷花
还有水
以及像芦苇一样
随风飞逝的鸥鹭
曾经
我们轻易抱在一起
落在水面的影子
变成团软泥
如今
泥被取出
捏成泥人
用大火烘烤

表象

此时

被大雪覆盖的山峦
树木
是藏不住一只鸟的
但你能看见的鸟
不飞
也不叫
它
也许
只是鸟晾晒在
树枝上的旧衣裳

写作手册 〔外一首〕

雨 人

那个年轻人在花房里
找到他
他正在清理花盆。
他说，你看吊兰不绿了
需要换土
剔除一些多余的根须。
有很多事你没法改变
比如死屋笔记中
那只鹅跟着囚犯上班下班
黑狗在各个牢房窜来窜去
逗大家玩。
但他们还是把鹅杀了
改善伙食；
把狗的皮剥了
做成围脖卖给贵妇人。

摘 心

在菜地搭架子时
妻子让我用布条把西红柿绑在竹棍上
一边掐掉多余的枝条
她说，要摘心，让枝条从旁边分叉
才会结出更多的果实。
后来我想，可以用在诗歌的叙述上。

很久不见飘雪 〔外一首〕

唐绪东

很久不见飘雪，这些我熟悉的
孩子们，从四面八方赶来
回忆中的，持有各自的司南与镜像

每一朵都不是一朵，准确地说
它们成双结对，依序而来
带着温度和清晰的指向

不同于人。你如果将它对折
它是偶数，再对折，依然如故
直至在冷漠的指尖绝望地消隐

这是个适宜吟咏的时令
从岁末到岁初。我忽然想起面容模糊
霄夜醒来的人，越模糊就越惆怅

装 A

我走在喜来登酒店对面的人行道上
十二月了，风刮得比较大
我是T，穿着两件衣服，拉链没拉
哆嗦了两下。你如果质疑我的不直接
那是因为你的视野导致我迂回至间接

几个小学生朝银杏树干踹了两脚
我不去理会，除非那是唐太宗亲手所栽
对于现象我们有很多命名
一拜，乃落尽繁华
一踹，就兀自凋零

冬日的暖阳很吝啬，但也遍及每个角落
只是不公而已。接济D，给予C,
现在——
所有的B似乎都给装完了
下一步，我们要升级
势在必行。像升天那样拦不住
像一场尘世之爱来得汹涌而欢愉

一棵高粱站在了谷子地里 〔外一首〕

清水秋荷

一棵高粱
不可能是从谷种里长出来的，也不可能
是他们说的野种
是种地的人选错了位置，或
为谷子除草的人放任了它
在一整片成熟的谷地上，它已高过了
秋天的身体

那些风，如果是它招来的，现在
落叶领着风，鸟鸣领着鸟，黑夜领着灯光
那么，它在领着什么呢？

天空没能领会的意思还很多
风一次接一次地来。一棵高粱
高出谷子的部分，真让人担心

手持菊花的人

她手持菊花，香气正趋于圆满
在秋天结束的时辰，红黄白紫
把身体翻出来——
一个黄昏，拿出了它落日的光斑抵抗

她早早就认出了冷风
从一张图上刮下来。为一个要死了的人

把一千朵菊花
重吹一遍

一个手持菊花的人，像忘了哀念。那么快
就把冬天迈过去了

与废墟谈谈 〔外一首〕

潘加红

两个健忘症的友人在一起
一切都是新鲜的
长了草的伤，碾平了的厮杀，黄昏的血泊

座下的石凳是幸存者
它保留了牙齿的痕迹，记忆轰然倒塌
来不及撤退的骨头

他们记不起炊烟，斧头，木床摇晃的晚钟
记不起苍狗在陶碗里舔舐的裂痕
他们腹部以下，都埋在雨里

这条大马路，越来越多的人失忆。那些警示牌
一定拴不住醒来的脚印
那些玻璃的碎片会随时饮血而来

草地上的那些朽木

它们是帝国的一根
有合适的雨，就会复辟
黑耳朵从来没放弃聆听这个世界

它们曾光鲜如我的大唐
诗词摇曳，高耸云霄。车轮碾过天路
洒下普天的榆钱

它们如何倒在盛世
如何穿了麻衣
没有一粒刀斧的言辞存留后世

是的。它们只是木头
天空塌下的一部分。我不忍心焚烧
尤其那些雨后复苏的旗帜

清明辞 〔外一首〕
况成坤

必须说到风，以及风带来的尘埃和
绿色。瓦砾越磨越薄
薄过了多年前老屋的窗户纸

必须说到骨头。破碎的，新鲜的，从我们体内
增生出来的。它们从身体回到土地
从幻想回到现实

必须说到杏花和酒。这两个鲜亮而俗套的意象
始终不离不弃。像一对孪生兄弟

必须说到故乡，故乡的河
说到乡亲们对每一个节日的
敬畏，以及我对这些敬畏的敬畏

惊 蛰

真准。
寸度的光阴，锋利的刀子，咔嚓咔嚓的
断裂，绿色的试探
铁犁必定是锈的。阳光灿烂，目光必定

是柔软的。城市只有一个轮廓
村庄必定是
遥远的

提灯的人 〔外二首〕
北方雪狐

盛世如危崖，用仅存的一口气
提稳内心的执念，遍插 206 块骨头
一俟遇到霍霍的雨水，便顺势点燃那星星点点
　　的绿火

春天，来打开这些闭合的栅栏

几只小麻雀
纵身一跃，踩上栅栏。它们
时而啁啾几下，声音怯怯的
像枝头病疼的花苞
忍着不开，也绝不招摇
就等一场春雨了
这已钙化了的江山
便会从一排雌性的栅栏开始
宠遍世间的美色

春天，遂想起

鸟群水里飞
游鱼天上游
东风从西边刮来
诸多良辰美景，被流水般运送
像时间把人群从清晨吐出来，旋即
又把人们从暮色里吞回去
是谁锁住了这一切？又再把这一切稀释？
一生，宛若一瞬
桃花刚刚红了半边天
果子已在泥土里，翻了好几个跟头

红色是冷的 〔外一首〕

陌 峪

我是站在悬崖边的人
我仰慕蓝色
很多时候
我们孤独地站立
与鲜血一起
疲惫的人
或者老去的马匹
你从熄灭的灯火中获得过什么
我们的爱情
还是
微不足道的
关于沉默的秘密

漂浮，或者飞行

我寻找过它们的实感
那些笨重的。撞击的声音
拥有的世界
因为过于广阔而下坠
那些无法触摸的
半悬的钟楼
女孩们因为肢体轻盈飞向天空
用生命交还
失去世界的意义

仲夏之诗 〔外一首〕

瘦 男

在湖边一处野草丛生的旧日花园

我看到了退休的音乐老师老姚阿姨。
我恍惚忆起，老姚阿姨已死去多年
她怎么会在这里呢？
风在吹，花园因荒废
即废城。
几个未成佛的精灵
在风中旋舞，旋舞即弹奏。
八月还是那么炎热
风继续在吹
发出水落石出的清澈之音。

过故人庄

四月虽不残酷，但有些散漫。
在高过鸡鸣的地方，成簇的梨花
又一次白云朵朵。
于离合聚散中有人逆着时光
返回忧伤的出生地
平平仄仄中虽寻寻觅觅
却依旧不能肯定带走它的是一名落魄的国王
或失宠的贵妃。
过故人庄，渡鸦低飞，弹奏暮晚丝弦。

雪 夜 〔外一首〕

残红褪尽

借着素寒，开始擦拭伤口
绿蚁酒，小火炉
曾经的浅唱雨，低吟风

流水春光，还有那些不曾遇见
就已开始告别的相拥
此刻，满含醉意
一起涌上心头

论坛精选

139

一些花，蓄谋已久
它们长年住在月光里
暗自潜行，并死死摁紧
我的疼痛

只要，我从唇边吐露
半句爱的隐喻
它们就会，向着人间
幕天席地，倾巢而出

梅

梅，如若你肯
借一抹嫣红给我
让我画梅妆，点梅额，饮下美酒
反弹琵琶，将旧梦惊破

或者，能允许我用半缕香
染透骨骼

即使大雪不来
风声鹤唳，春日从此长睡不醒
我也敢，从肋下取出利刃
斩了流水，与这尘世
恩断义绝

寂之花　〔外一首〕

李　默

白马绝尘　朱砂点尽
羽　世间再无蒲草令我们打坐
小轩窗隔着月光　像一座山隔着
另一座　像你——隔着我

这些年我食素　禁欲
田野已不像田野　山河
已不是山河　我已不是我

或许　我们都是怀揣
秋天的优昙婆罗　饮尽了沧桑
只为　三千年一次地回眸
而决意——赴死的人

战袍是虚的　箭镞更是
惟有尘烟缭绕　白马因纯美而晕眩
桃花因误入人间而　——血流成河

尘封之前　必须向你说出
宿疾是真的　伤痕亦是
那朵悬于空门的幽闭之花
饱食　孤寂之果

我们已习惯打铁　淬火　对子弹敏感
你的棱角需要抚平　而我的
柔骨　你——从未摸到

蛮荒之地

天空很远
飞翔也　很远
我的身体
裹满金属和　绳
子时作茧　卯时自缚

江湖水深　我四壁空旷
需佛祖的鞭子作度词
方可到达远方
眼下只有野风劲吹
而我依然身处蛮荒

诵经者被经文俘获
看山不是山
依水　水自凉
我只能赖于自己
嶙峋的指掌　深深
深深地　根系于土壤

一些悬疑留下活口
一些青春　死无对证

藏　匿 （外一首）
张凡修

彼时，你安静、驯服
几乎是摸着黑。野性的气息
在垂立的疆域
小小的身子与腐软的树皮
贴为群体

能否将过剩的贴近
和伸延，在你湿透的绢巾上
摆平。如同有人怀疑
你是聋子。你会错过鸟屎、苔藓酿造伞菌时的
小过程

——当众鸟藏匿棘丛
你扼住护林人的深喉
风吹着过去
只为孤独施舍更为藏匿的孤独

源　头

拔出根须，可以有多少抖落呢
沥下的泥沙，源于
源头的根须并不能捆绑什么
挣脱堤岸，希望有一种无垠的宽度
让明亮抖落得更低

而我们
省略了枝条

一些鱼在顾自游弋。抖落的鳞片
数着五九、六九、七九……化开部分的
某些突然
占据有利位置的起伏

包括几点渔火间或闪灭
和青涩的新草

并不顾及从我们两腿间柔软凸现
源于源头的
美。而是一同忆及

顾自游弋的
一些鱼。"竟毁掉了
一朵宛若悲悯之囊的云"

暂且存活的和正在死去的 （外一首）
何　伟

我的屋内又多了好几种植物
现在我可以向别人介绍：
鸭掌木，散尾葵，常春藤
芦荟，仙人球，富贵竹
吊兰，虎皮兰，绿萝
一品红，红杜鹃，白杜鹃
脆弱的变色球，就要枯死的月季
正在攀藤的葫芦和野外带回的向日葵
她们有不同的形状、色彩与情感
所有到来的人都为这些植物分隔
点缀出来的空间惊讶，以至于像我
爱这屋内每一株植物
但我似乎又都不爱
她们那么分裂：
有喜爱向阳的，有喜爱背阳的
还有对阳光无所谓的
在这个屋子里她们像我一样
分裂，不能独立
暂且存活却正在死去

翻滚不动的尘埃

他暂时地躺在桌面上用仅有的力气
想象自己是尘埃中的一粒
在桌面上消沉，累积，等待
更多的尘埃把自己埋没

阳光带着植物的影子沉落下来

它的明亮遮蔽了自己的沉重
窗外树木摇动，他想象出
声音中的尘埃，根茎中的尘埃

还有更多更多的尘埃，一粒粒
朝自己堆积
一时间桌面积满灰尘，失去光滑
仿佛所有的尘埃都决心停留在此
做安静，幸福，永世翻滚不动的尘埃

清明记

（外一首）
木易沉香

结果是显而易见的。禁烟寒食
插柳踏青，祭祀亡灵
天空说下雨就下雨。蚁虫出行
不可横行道路，有鬼魂穿过街心

这一天，忘忧草依旧夹缝中
求生存，然而我坐拥白昼
不在江邻。屋外的车前草
再也安静不下来，遍地都是白驹
都是远得，不能过隙的光阴

睡在春天里的铁器，盛满了雨水和落日
不似那千里归亲，也不似人间车马劳顿
披散了长发站立枝头的，不是无家可归的魂魄
也不是我们哀戚的亲人。在清明
瓦片能够遮风雨，陶罐却常常被打破

悬空记

站在苦难枝头的光阴，最单纯
偌大的地面，除了草木，道途花朵
尚有满员的列车，不能远行。指认人间的人
没有告诉我，天涯路到底有多远

天空有雷电，大地有温暖
影子忽闪忽闪的，有鬼魂练习倒立

怀抱阳世和阴间，有虫豸
蹒跚于街心，不需要落日举起灯盏

只有我不能徒步尘世间，在灶台上
生毛发长皮肉，大哭大笑，大悲欢
我还没有找到生活的疼痛，轮回的出发点
吃不了杂粮黍米，吐不出青灯烟火

雨夜：回煞

（外一首）
熊　魁

一个雨点下去，尘土四溅
很多雨点同时落下
尘世上浮，生死两端
泥水恣肆，而后归于一

风从农村包围过来
沿一条道拐个弯
就进了城市
一个巷子一个巷子摇着行道树
恨不得将城市连根拔起

我仍然没有睡去
夜那么大，外面那么黑
我点一盏灯，坚守了七天七夜
等他回来，我怕他
再次从生命中走失

母　亲

你逼我出来，我就出来了
你教我爱这人世
我就爱这人世了，酸甜苦辣

多年以后，你却先我出发
打点那边的事情去了
用身躯，卷起一座墓室

你是想让我，像当初

住进你的子官，静静听着——

睡吧睡吧，我可爱的宝贝

春日野穹 (外二首)
宋清芳

春风短，树头依然空旷
老鸦窝巢凌空独立，仿佛遗世的命运
被误读成一个标点

阳光给万物镀上原色
萌动的土地，有着不为人知的台词
田埂，远山，就这样持续静默
空旷之上
事物都有暗合的胎记，而我
愿意在春天里继续热爱
持续柔软

如如不动

野外，风不动云不动
潮湿的土地不动，阴暗处的积雪不动
一只麻雀站在枯枝上遥望
远方不动

春天不动，心不动
人到中年
尘埃把身体包裹得无风，无云
骨缝里埋藏的秋天和落叶，不动

梯 子

总会有木质的幻想让你警醒
让心灵有了皈依，也有了树林和沟壑
于是，你把故事一字排开

然后倒立起来

那些攀爬在末尾的情绪
归类成故乡、亲人、闪电和密码
你都能一一原谅
并按捺下记忆，顺着俗世拜了又拜

三生之前你路过的那些空隙
现在，充满了明月，钟声，香烟
充满了一个人向上的孤独
无人能解开的词汇，风铃一般
只是在空中飘荡了一回
响了几声，只是被你轻轻嗫嚅了几次
又沉入了镜子背后，终于无声无息

六月：色，即是空 (外二首)
古 岛

明天就是七月一号了
你怎么忍心让六月
就这样一直空下去

从"六一"开始
从"芒种忙忙种"开始
就这样一路空下来
空到下半月和下弦月
空到"过了夏至栽老秋"
空到空

当一种颜色把其他的颜色都统统打死
当颜色成为一种暴政
红色，就是色中之色
色，即是真正的空
六月的孩子
从儿童节一路空下来
在一场暴雨中提前长大
在没有长大之前
就提前衰老和死亡

陶渊明

一个在官场都混不下去的人
注定是猫眼里的怪物

写诗有鸟用啊
升官发财才是王道

什么"邦有道""邦无道"
什么"隐"啊"显"的

门前雪，可绕过可不扫
瓦上霜，就更不用管了

吃饱了撑得慌，或心里憋屈
你就通过折腾来消食来舒心吧

有多少脑袋进水
这世界就有多黑

一万年太久了
抓住一瞬也就把握住了永恒

再一次写到夕阳

夕阳垂落
有如暴君的头颅倒悬于城门头
广场上人头攒动人影散乱
每一个跑龙套的演员都面无表情
只有手中的经卷在夕光中闪闪发亮

夕阳垂落
历史的经血涂满天空
成为现实的戏剧最美丽的布景
万物在归于宁静和寂灭之前
仍然充满了无尽的喧嚣和疯狂

乡下的老院子 （外一首）

雷 文

阳光和月光，被青瓦截住
苔藓点缀其上。小片天空的雨水和雪花
在此处集合。这些重复的动作
让房檐下的石板承受着洞穿的压力
试图从四面突袭的风
失陷在屋内的笑声中。确信墙壁是老了
挂在它身上的蓑衣和斗笠
远看就像缝在它身上的补丁

如今，我的父亲像只倾斜的水瓶
决心将瓶内有限的水
一点一点地，在这里倒尽

内部的风景

下一刻钟总把上一刻钟的完整
改变得面目全非。内部的铁水铸成齿轮
齿轮互相咬噬，形成动力
搅拌机打乱石子，沙与水泥的秩序
随时都有破碎的哭泣在更新
我知晓这些内幕，却故意忽略

这些忽略，类似一辆汽车的传动轴
带来变化不断的风景
又很像我每天路过的一座桥上
陌生的面孔，逐渐成为熟人
她悬挂的工作证，走漏了自己名字的风声
不仅是我一个人，侥幸获得
就连她高跟鞋在桥面上发出的节奏
也会尾随到很多人的梦里
我们却仍然要和所谓完整的世界
保持一种表面上的若无其事

回南天 <small>(外一首)</small>

天意茫茫

暮色从清早就开始降临
看不清远山的轮廓
林立的楼群也渐次隐没
迎面走来的人，操潮汕口音

一整天，雾气没有散去
地板、墙渗出水，中年的腰肢伸不直
河堤的远方不在远方，灯火提前亮起
沉沉的雾霭昏昏的路灯灰蒙蒙的桂花香

我的故乡不叫江南，叫潮汕
这里风调雨顺，亲人们
一个个离去，又一个个回来

在春分、在谷雨、在清明

午 寐

她半眯双眼
接受玻璃反射的光

刀子般的光，像情人的焰火

她已经咬伤了自己的嘴唇
血腥的味道
并未使她反复清醒

春水是一个忧伤的词 <small>(外一首)</small>

迦 南

春水是一个忧伤的词
这样说并不代表我心里很忧伤
在田野尽头，浮动着透明的水汽
水汽中被浣洗的坟茔
坟茔上的湿草，细小的蚯蚓
和一两只模仿花开的瓢虫
在朝阳那面，忍冬焦黄着脸
再低一些，就变成野山猫的脚印
我并无意多看它们
我低着头，一步一步轻轻落足
这样，更接近昼伏夜出的它们
我以为朝春风深处走
就会回到春天
我以为不说出忧伤
就不会忧伤
一只蚌口含珍珠
她忽略嵌在肉里的瘤
她认为美从来与痛相联

梦·静物

穿长衫的男人被雾化了
在有蜘蛛的墙角
在裂缝的地板
在一把旧椅子上他徐徐散开……
五官不清的女子
在他的位置坐下来
她脱下的圆口鞋
像两只肥硕的灰老鼠
一只猫轻手轻脚走向窗帘
夜水，含恨一样凉下去直
凉到另一个女人的指尖
穿长衫的男人
又坐在椅子上
他抄着手，放出袖管里的冷箭

天亮前，他要围困自己
不再出来扰民

春日有赠 （外二首）
黑　光

当然你是对的——
你把低举到了高处
把纸花变成了真花
在纽扣的四个针眼里
穿来引去，把我紧紧地
缀在你的衣襟上……

你已青春不再，但
依然美丽如初
在年夜的小餐桌上，我听见
一杯酒中的海浪汹涌
几勺盐里的辛酸泼洒
你深下去的掌纹内，尽是我的河山

暮 晚

我们的城市个个肥胖
孩子也个个肥胖
如果有一个瘦的
一定是在教堂受洗过的那个小孩
他的两条细长腿像双筷子
总是替我夹起青菜一样清淡
的礓磜小路——
在暮晚的斜坡上

无数青山

午休，好时光。
在尘世的床上
他要摆正他疲倦的身子
和他沉重的鼻梁。

他要好好喘息：
喘生，息死——
不念天高地厚，
不管今夕何夕。

他要睡成一阵风
从你体内穿过。
在床榻的小船上
载走无数青山。

暗 语 （外一首）
李王强

水，清澈，隔开了两岸
让他们一生都欠一次
紧紧的拥抱
水，清澈，给鱼儿
很多条路，也包括那最后一条

一树繁花，风一吹，就簌簌地落
我就站在山头，喊你
忘了你的名字，我就喊喂
像喊好多人
模糊不清的命运，和归途

丢 失

已经很老了，这光影斑驳的
房子，扶着一株快要朽掉的树
蹲着。此时，月光穿过去
就会有更多的皱褶
我也侧过身子，迅速而虔诚
要为一朵倏忽飘零的花
腾出更多下坠的路途，以及时间
像修改一场爱情中
仅有的病句

树枝挑不稳蝉声
落叶还在拍打秋天，我望断关山

望断鸟羽上的暗云，早已深感疲倦
与一尾鱼调情，我丢失了太多的水
只剩下干涸，与我为敌
当然，也与我为友
像装在瓶子里的萤火，提着怕累
扔远，又怕裂、怕碎、怕飞

辩护词 （外二首）
郎启波

"他属于夜晚，及你。"
多年过去了，我依然很难习惯
将一个句子从一首诗里摘除
哪怕它只有一个词语
它们是我的肌肤，
是毛发和血液，是我的器官
是我不可变更的履历
我属于黑夜，习惯黑夜
这巨大的黑是天赐伪装
是舔舐伤口的良药，
等待天亮就会痊愈，
这黑，让你有更好的感知力
即便我的忧伤如河，流淌成黑夜
如果你用心去听——
花朵打开和死亡的声音一样清脆

银杏叶

他走在人群中，吸入冷冷的空气
呼出的是一片白雾茫茫
仿若武林高手，藏在世俗里

走过银杏林时，他停了下来
树上满满的金黄
与雪花翩翩起舞，纠缠不清

小小的雪花，打落了一地的黄
而后，又被掩上厚厚的白

他继续吐纳，向前越走越远。

浮 沉

有生命藏匿沙漠
会浮起，也会淹没

再敞亮通透的肉身
也各自藏有隐秘

要警惕水
警惕溺水淹没你
警惕缺水。荒芜
令你满目疮痍

口渴的父亲
仰头饮尽大碗凉水
而，醉了酒。

在这个悲剧的世界 （外一首）
默 雷

该开花的开花，该结果的结果
每个影子都有自己的疆土

而你的诉求，却像一团油烟
只能在自己的厨房内卷

在这个悲剧的世界，仿佛
一切都成了道具或玩偶

而人必须像一份打印精致的
悔过书，苟且才得以被行走勾勒

甚至你得迫使自己，迫使一颗心
由原创退化到伪装或冒牌

在这个悲剧的世界，似乎
一切都成了被迫或玩笑

该怒放的怒放，该枯萎的枯萎
每个悲剧体内都沉酿着一枚因果

黎明诗

我警告自己，千万不要
不要从一团乱麻的叙事中
试图赢得独特的契机
行走在大地的牡鹿
青藤或鼹鼠，各有各的活法儿
猫嚎过春了，鸡打过鸣了
狂吠了一夜的雪，此刻
静得像一位淑女
你和我都明白，门外沮不沮丧
一切都是白的。白如月光
留在对岸的时间
以冰风的沥青一丝一弦摊开
摊开无意义的骨灰
在黎明的眼睑

春光借　　　　　　　　　　(外一首)
　　　　　　　　　　　　　　　肖　武

这个春天，必须
学会等待，隐忍，捂住肝部，作潇洒状
点翠，微绿，她桃花般盛开的笑靥
只是药引。我干枯的河床
需要盛大的叙述，铺天盖地的抒情
现在岸线模糊，嗷嗷待哺
姐姐呀，你不来，我就不会醒来
深入三月的腹地
许多飘移的汉字，是刚刚溢出子宫的蝌蚪
摇头晃脑的修辞，它贫血的肉身
容我配好锄头，镰刀，义薄云天
美人计，反间计，愿打愿挨，只是小伎俩
必须沐浴更衣，焚香设炉。慨叹，在千年之后

姐姐呀，你来了，我才会枝繁叶茂

提灯的人

他安静
安静到黄昏。抑或，寂寞的雨后
像一枚树叶掉进秋天
缄默，只是其中的一小部分
他有自己的认知

提灯的人
用脚丈量黑暗
归鸟的啾唧，路过的风
不过是彳亍中的小意象，小惊喜
更在意黑的深度和宽度
这，恰好与他体内的潮汐契合

是引领，也是开阔
强光弱光交替映照，就有了层次，重量和神韵
如果能彻底朗照，如果能馈于澄明
夜，是醒着的修辞
他手里提着的不是灯
是利器

解　铃　　　　　　　　　　(外一首)
　　　　　　　　　　　　　　　笑　童

大风过，时花落——

大风一度卷入刽子手阴影不能自拔
时花一蹶不振，
果子青如介错人。

死亡不可过分依赖——
也不必苛责。世有触目惊心之美
虎项金铃
碑上夕光

浊者常怀恻隐之心。以死教诲——

而清者，自清。

大风骤起，赏花人皆引颈就刀
无一人喊疼——

密林深处

更深处，已不适宜谈笑风生——

眼前凋敝的林子，盛夏时分
骄傲、跋扈，不可一世
每次经过，都能听见普世论者
蹲踞高处侃侃而谈，
你想插话，但无缝可插
你想劝架，苦无垫脚之石。

多少次，我分明交足了赤诚，
可他们视而不见，他们也没有给我
致命一击。你知道
壮士赴死之心，不可戏耍。
而偷生，则需讥笑、嘲讽，不屑凌辱
有时故意放出大话，似冷箭
有时装疯卖傻，套近乎
——图谋入伙之意，昭然若揭。

曾在这里，大声地唱——
"我从远方赶来，赴你一面之约
我将熄灭永不能再回来……"
我深知，誓言诺言若过于娇情，
即成谎言。即便横过胆来
才发现，竟没有干柴燃成熊火。

明知几个月后，都要集体辞枝
还是忍住疼痛抽出新芽。这些树干
为了日后高枝可供人攀，
它们在四季轮回里，扮演了
多少次我。这黑色幽默般遭遇——

那时，我垂老或无，已无关紧要
哗啦啦落下的叶子，像过期言辞
他们将有新的，更加深厚的
处世哲学。他们寡言，多么尴尬
他们至死不渝，多么可怜——
终不能放下树的高姿做一回人

我为他们撰写野史，言辞卑陋
但情真意切。无法给予更多
有风，已足够好。
风吹密林，也吹着我——
片叶不沾身。但每片叶子都有
勾人之术，可供慰藉。

诗学观点

□李羚瑞 / 辑

●**傅元峰**认为，新诗的文白诗语转变，新文化运动促成的现代文人意识，曾引起汉诗抒情主体语调的变化。但是，一个轻松、诙谐、自由、拥抱日常生活经验的抒情者，并非一个倾向于抛弃一切美学和文化成见、甚至也无视道德伦理束缚的抒情者。意象的开放与抒情的拘谨之间的矛盾在新诗的象征派诗人身上一直存在。象征主义诗歌中的抒情主人公与哲学的非理性思潮有联系。象征主义诗人拒绝风尚和审美成见，常违背同代人的审美伦理，抒情主体通过转换抒情视角与物质世界建立全新的联系，体现出美学上的"迷狂"追求。

（《错失了的象征——论新诗抒情主体的审美选择》，《文学评论》，2016 年第 1 期）

●**修雪枫**认为，任何严肃意义上的文学探索都是纯文学意义上的实验，因为诗歌从来都是天性敏感的文学样式，诗的纤巧和诗人的敏锐注定诗终将成为文学创新与变革的急先锋，成为精神家园中守望或者流浪的先驱者。朦胧诗的文学性是以个体的理想方式，在与现实、历史的对话中呈现。后朦胧诗的先锋性则是通过语言的实验，来确认人与世界的关系。前者以现代理性精神确立了个体性精神价值，从而恢复了诗歌的尊严，后者从形式本体论的角度来探索诗歌语言，创造了"有意味的形式"。

（《文学常态的复归与探索：从朦胧诗到后朦胧诗的崛起》，《文艺评论》，2016 年第 2 期）

●**张器友**认为，"崛起论"的人们的"诗学原则"较为杂乱，彼此也存在着差异性。但就其对新诗探索产生消极影响的方面来看，在于一些论者笼统贬斥左翼诗歌及其诗学原则，否定新诗中人民为本位的价值追求，无保留地视西方启蒙理性主义为"普世价值"，又宽容和认同极端非理性主义诗歌的追求。诗歌创作被理解为一种排他的，与社会、历史、理性不相干的，独来独往的"个人的自我本体"的自由创造。只讲"自我表现"，不讲自我建构；只讲非理性个体的"生命体验"，不讲社会实践。以至于陷入极端非理性主义的消极面，表现出"以洋为尊"和"去中国化"倾向。

（《"三个崛起"再思考》，《文艺理论与批评》，2016 年第 1 期）

●**陈仲义**认为，现代新诗的接受"魔咒"一直以来就存在两种交叉：行走在大众"喜闻乐见"的路子上，是人气、拥趸、风光，一路攀升，能迅速打通接受文化的隔离带，却又很难保证优质的艺术品格，这种普泛的初级形态有走向媚俗化的危险。而现代新诗的先锋性"苟日新日日新"，抠心挖肠，远远走在时代前面，令大众的知觉力赶不上他们的步伐，屡遭冷遇、冷冻也很自然。这的确是个不易迁就的两难。激进者宣称，是先锋在引领大众，否则艺术早就夭亡，大众反驳说，放弃通俗，就证明高明？因此现代新诗的接受不宜做笼统的"一刀切"，而应划分为不同层面不同层级，以平息混乱。

（《新诗史上最大的接受"聚讼"——"汪诗热"剖解与现代诗"接受"的省思》，《扬子江诗刊》，2016年第2期）

●吴向阳认为，中国诗歌从四言、五言到六言、七言，从赋比兴到隐喻和痛感，形式和技巧在不断地丰富，没有变化的是诗歌内在的情怀。也正是因为此，中国诗歌比其他任何国家的诗歌，也比中国的其他任何文学形式，更具有广泛性，与日常生活的联系更为密切。在传统的中国，没有不会写诗的帝王将相，没有不会写诗的知识分子，诗歌已经不单是一种文学体裁，而是每一个平常日子的记录、抒怀、表达、传情甚至应酬和社交。而在"反抒情"的诗歌美学出现之后，不少诗人耻于诗歌中的抒情元素，在文体试验的名义下，把诗歌变成了圈子内的语言魔术。

（《用现代汉语接续唐诗宋词的人》，《作家》，2016年第2期）

●张曙光认为，所有的诗歌流派和方法最终在于如何表达情感而不是取消情感。尽管如此，诗意仍然是一把双刃剑，对诗意的过分追求会导向一种唯美和高蹈。有时一首诗看上去太像诗了反而会损害诗歌。现代主义诗歌上的一个贡献就是使我们看到在诗意之外还有其他同样重要的因素，比如更加注重智性因素，或以丑来代替美。也许更重要的是认识功能增强了：不是在社会的层面，而是在内心的层面。艺术并不限于表达自我，更在于重新认识自我；或者毋宁说，现代主义诗歌扩大了传统的包括美感和抒情在内的诗意的范围。

《〈残雪如白雏菊〉序》，《诗林》，2016年第2期）

●剑男认为诗歌的言说方式要与诗歌所呈现的内容高度协调，词语运用准确，能体现良好的语言掌控能力。语言有着自由而辽阔的边界，但同时又是一个牢笼。我们一般所说的自然语言是凌驾于客体事物之上的、一种约定俗成的被普遍认可的规范系统，它不仅对具体事物命名，而且对事物之间的关系包括人与事物之间的关系进行命名和确认，是赋予意义的方式。而对于诗歌语言而言，我们既要遵循自然语言的规范性，又要不断地从中进行突围，它的逻辑句法本性虽然存在，但必须通过词语组合的形式，把自然语言规定了的意义进行延展、扩充。

（《是什么使一首诗歌成为诗歌》，《诗刊》，2016年第2期）

●阿垅认为散文诗与其他文本创作从根源上讲，没有什么区别，都是扎根在民间，汲取素材和养料。从内容来说，涉及民俗文化、自然文化和历史文化的作品更引人注目。民俗文化是一个民族历史发展的缩影，它渗透着物质与精神，是一种文化的再现。在散文诗中对自然景观的描写是极具魅力的部分。从好的散文诗中读者可以感受到自然，从而能够进一步地热爱自然，敬畏自然，上升到艺术欣赏的境界。而在散文诗中还应该体现历史文化，因为历史文化也是一个非常有魅力的存在。

（《散文诗与地域特色》，《散文诗》，2016年2月上半月刊）

●阮波认为生活向东，诗歌向西，但从日常生活中消失、从既定环境中脱离，只是一种理想。在诗歌内部世界与生活的外在世界之间的这种双向渗透中，就算有足够的敏感、灵感与猛虎嗅香的心性境界，生活还是生活，诗歌还是诗歌，虽然它们一直相互陪伴，有时不免还是隔着茫茫尘世。用人文关怀、诗性写作来对抗现代文明与科技带来的人性冷漠与社会异化，关照诡谲多变物质世界里宽广的人性与温暖，诗歌能有这样的疗效就像一个残废的人能自食其力了。

（《在日常的与诗性的河流中》，《诗歌月刊》，2016 年第 2 期）

●庄伟杰认为，诗歌的妙处是无法量化和计算的。或许这就是诗歌的无用之大用。诚然，好诗人和好诗并非随时产生，此中有"真意"、有其必然的机缘，特别是其背后积淀的更为深邃和关键的要素，这包括创作主体精神的自在性、写作资源的丰富性、思维方式的灵巧性等，这是诗人的能量，或者说底气。好诗呢？应是有声音、有味道、有色泽、有情调、有姿态的，甚至可以站起来、动起来、舞起来，让人从字里行间感受到活色生香的精神图景，领略到立体、净化、明朗和富有语言穿透力的"魔性"。

（《马永波的启示》，《特区文学》，2016 年第 1 期）

●程弋洋认为，布拉乔深信语言赋予了诗歌面对和展示现实的多种可能性。现实客体不变，诗歌却是它身后那个角度不断调整的玻璃棱镜。因此，诗歌中的现实是变化的、变形的。正是诗歌对现实的陌生化处理，让现实具备了艺术魅力，丰富了现实本身。如果说诗歌具备一定影响现实和改造现实的社会功能，绝不会是强加给读者的看待现实和思考现实的方式，而是诗歌打开了很多感性渠道，提供了交流和思考的新的可能性。诗歌赋予读者的新视角，能让我们重新思考自己在这个世界上存在的方式和价值。

（《让玫瑰自然绽放》，《世界文学》，2016 年第 1 期）

●吴投文认为大众文化中包含着诗歌的敌对性因素，诗歌往往被大众处心积虑地肢解，诗歌的精神性内涵和内在深度或者被着意消解，或者被精心转化为消闲性的文化附属物，以适应或塑造社会公众的审美趣味，其后果则是社会公众艺术感觉的弱化。新世纪诗歌的升温实质上并未有效带动新诗文化的内涵建构，在很大程度上就是因为社会公众的艺术感觉和审美趣味不能突破大众文化的体制性壁障，往往受限于狭隘的直接利益的驱动，不能深度融入创造性的审美认知，这使新诗文化的真实内涵不能转化为有效的实践价值，因此诗歌的升温并不是一种孤立的文化现象，而是需要面对新世纪具体的文化语境去处理的错综复杂的文化关联。

（《新世纪诗歌升温的精神症候与文化透视》，《当代作家评论》，2016 年第 1 期）

●刘波认为，诗人要警惕对技巧的过度迷恋，避免绕圈子、耍小聪明；如果没有反思和审视，诗人的人生经验很难切入写作的内核，诗歌也可能就因缺少扎实的精神根基而失去了耐人寻味的意韵。诗写到最后，技艺和内容肯定是融会贯通的，这种融通需要诗人内心的丰盈，更需常年经验的积累与释放。掌握了技艺的诗人，也需要一种情怀，没有立场和情怀的诗人，写作很难达到生命存在的精神高度。好的诗歌给人带来智慧上的挑战，这智慧包括语言的美感、思想的力量和精神的厚重，只有这些因素有效融合，才会呈现其自然独特的品质。

（《技艺修正、经验转化与持续性写作——论新世纪诗歌的精神转型和美学流变》，《当代文坛》，2016 年第 1 期）

●于坚认为，诗是宗教的一种另类形式。诗蛊惑人心。"诗三百，一言以蔽之，思无邪"，就是对蛊惑的清算。诗不是直接的宗教，它只是间接的宗教，诗无法集结十字军东征，诗的十字军只在语言中。诗无法抵挡坦克，但它可以划掉。诗人当然无法为自己的语言游戏负责，"划掉"也不是要划掉世界，只是激发文本在"读者"方面的活力，其实没有不"划掉"的读者。六经注我，我注六经，就是划掉。划掉，也是一种回到世界中。诗人要负责的只是语言的自由、创造力与共享的疆域。

（《挪动》，《福建文学》，2016 年第 2 期）

●王士强认为诗歌相对于现实生活来讲应该是一种"逸出"，它是对于边界与可能性的探索，是对于"另一种可能"的想象式占有与抵达。诗歌的这种"逸出"是其创造力和活力的体现。但这种"逸出"也应当是有限度的，诗歌的生成性与其逸出性息息相关，因为"逸出"的目的和落脚点在于生成，在于构织、探寻一种新的可能。如果没有生成，逸出将无所依傍，失去意义，这样的诗歌作品只是语词的集散地、加工场、展览间，只是一些原料、半成品而称不上艺术品。诗歌作品如果不能生成一种新的语言景观，并由之指向一种新的生存、观念、美学状况的话，其价值和存在的必要性都是值得怀疑的。

（《诗歌的"逸出"与"生成"》，《清明》，2016 年第 2 期）

●马钧认为故意省略上下文之间正常的语句衔接，有意制造语义的裂隙，制造不完整的语言结构或篇章结构，这是诗歌这种语言艺术在语法、修辞上所获得和享有的一项特权，一种与诗歌固有的简约风格里应外合的诗学现象。我们不能简单地以为以"而字句"起句的"字法"是个现代诗歌的发明，它其实有着更为久远的赓续。但古今诗歌省略文法的细微差别是，现代诗歌更加强调事物的突发性和偶然性，以及事物的转折性、读者的参与性。

（《潜泳者归来——评诗人郭建强和他的〈昆仑书〉》，《名作欣赏》，2016 年第 2 期）

●王家新认为，真实永远是诗歌的"第一义"。如果我们不谈诗歌的真实性问题，只谈诗歌的修辞技巧，那就是舍本求末。就像中国的赋比兴一样，中国的根本诗训是"诗言志"，另外是"兴"。兴是诗歌最根本的东西，是生命内在的感发，是诗之为诗的内在保证。没有这一点，会有杜甫这么伟大的诗人吗？当然杜甫语言功力也非常厉害，但没有他那样的诗心，那么真实、强烈、深刻、沉痛的生命感发，会有艺术的生命力吗？

（《让沉默通过我们讲话》，《大家》，2016 年第 1 期）

●程一身认为写自身现实感的当代诗存在的问题是"我"的膨胀化和抽象化。虽然无"我"不成诗，但太"我"也不成诗，至多是狭隘的诗。在这类诗中，"我"常常是孤立的，孤立于他人，孤立于尘世，任由"我"在诗的肌体里膨胀，不但不注重表达与他人心灵的叠合，而且有时刻意回避与他人的相通之处，追求一种仅为我有、他人皆无的独特性。而这种独特性往往是抽象的，大多属于潜意识层面。写自身的现实感，却不能唤起读者的现实感，这本身就是一种失败。

（《新世纪诗歌的现实感问题》，《文学报》，2016 年 1 月 21 日）

四月微凉
——故缘夜话六十三弹

◆ 熊　曼

时值暮春，正是江城好时节。雨水充沛，阳光炽烈，街道两边的香樟树绵延不绝，枝头上细小的黄色花朵，把成吨的香气倾撒在每一个行人身上，有如恩赐。黄昏的城市车水马龙，世俗的夜生活刚刚拉开序幕。按照约定时间大家来到卓尔书店。

谢克强诗集《巴山情歌》出版

桌子上除最新一卷的《中国诗歌》，还摆放着一摞封面素雅的诗集，书名《巴山情歌》，翻开一看，原来是谢克强的新书，每一本都签了名的，赠送与会人员。

"谢老师又出诗集，可喜可贺，勤奋的精神值得我们学习。"车延高笑道。

"可不是。"阎志道，"围绕着哥哥妹妹的主题，写出了三百多首，且每一首的意象都不重复，极富韵律感，读来朗朗上口。你们看看，不容易哦。"

"阿哥你住山腰间，小妹家在小河边，河水绕着青山转，绿水青山连一片。哥妹为何不相连？"这边厢，车延高已经念叨起来，这样缠绵悱恻的句子，如诗如歌，如梦似幻，引得大家笑起来。

"我这人一根筋。这辈子就写点诗，其他啥也不会。这本诗集最早写于1975 年，借鉴紫阳民歌，用赶五句形式。那时我三十岁不到，你们这些年轻编辑还没出生呢。"谢克强坦然道。

"谢老师那时候荷尔蒙分泌旺盛，现在估计写不出来了。"阎志调侃道。

"那是。不过，到我这个年纪，人生体验比年轻时复杂和深刻了。我现在正在写的组诗，名字叫《在生活的背面》。希望八十岁时还能出一本诗集，选平生最满意的代表作，集成薄薄的一本，就叫《谢克强诗选》，这辈子就盖棺论定了。"看，谢老师还在有条不紊地计划着，这么多年下来笔耕不辍，绝对是最勤奋的诗人之一。

本卷相关

今晚讨论《中国诗歌》第五卷稿子，头条诗人郭金牛是一位普通务工者，现居深圳龙华，有"十大农民诗人"之称，曾获首届北京文艺网国际华文诗歌奖。这一组诗歌《十支朱红》，从现实出发，用婆婆纳鞋一样细碎、高低错落有致的句子，来描述底层人物生活状态，厚重之余有一种清新古典之美。

"《灿烂的小妓女，徐美丽》，写得挺好，但这标题不合适，建议改成《灿烂的徐美丽》，从这首诗的内容里面，读者能够读出徐美丽的身份，你们认为呢？"车延高指着其中一首诗道，在得到大家的赞同后，他抓过一支碳水笔涂改了起来。

改诗是我们的工作内容之一，从标题到内容，这不是第一次，也不会是最后一次。有时是在初选编稿阶段，有时是在终审的编前会上。让一首诗趋向简洁和圆满是编辑队伍的职责之一。

"'中国诗选'这一次的稿子全部选自一本刊物，视野未免狭隘了吧？建议全国范围内的重点诗歌刊物都要涉及。另外，这一次全部选的湖北诗人也不妥，该板块既然叫'中国诗选'，则不应局限于湖北啊？"阎志道。在对《中国诗歌》稿件的整体把关上，他像一个细心而又认真的园丁，高举着剪刀，剪去他认为不合时宜的荒枝杂草。

湖北新诗百年百人作品选

茶至半酣，忽闻窗外乐声大作，聆耳一听，原是凤凰传奇的《最炫民族风》，强劲的节拍打断了大家的谈话。书店旁边原有一块空地，不知什么时候被大妈们占领了，每个夜晚这里成了她们释放活力的地方。

"嘿嘿，习惯就好。"大家相视一笑。这天气，关了窗户难免憋闷。从生活中来，到生活中去。继续我们与诗歌相关的讨论吧，嘈杂也是诗歌栖息的土壤之一。"湖北是诗歌大省，新诗百年，成果累累。一百年是个节点，需要有一份清晰全面的展示和记载。"谢克强喝了一口菊花茶，继续道，"我有一个想法很久了，就是编辑一部《湖北新诗百年百人作品选》上中下三卷，规模达一千五百个页码左右。目前已得到了省作协的支持。现正在策划中，准备邀请几个诗人、诗歌评论家共同审定入选名单，对湖北百年新诗做一次梳理，呈现湖北诗坛最全面貌。"

"这个建议很好，我举手赞成。"车延高道，完了不忘模仿毛泽东的湘潭普通话补充道，"谢老师有想法，有干头，是我们学习的榜样。"逗得大家笑起来。

关于诗歌的讨论还在继续，宏观的或微观的，一些念头，一些想法，像火花，像肥皂泡泡，在室内悬浮、飞舞，照亮了夜的黯淡，驱散了生活的坚硬和琐碎，也照亮了室内诗人们的脸。

不知什么时候广场舞的乐声已经止息。香樟树的甜香被夜风吹进室内，凉凉的，微醺的。看看讨论得差不多了，有人提议散会，于是大家相继离去。